重疊愛戀

重なりあって恋になる

古池neji——著

湯家琪——譯

ALOKI——繪

台灣的讀者，你們好，我是古池 neji。

《重疊愛戀》講的是日本上班族藤崎跟大山的故事，故事直白露骨，又有點下流，卻包含著一份纖細且誠實的愛。

二〇二〇年的時候，因為新冠疫情哪都不能去，我便關在公寓裡，並在根本不確定有誰會讀到這個故事的情況下，完成了這本書。結果這部作品受到很多人青睞，如今竟然還能遠渡重洋，來到你們身邊，我真的好開心。

希望閱讀本書的你，能夠從中獲得一些樂趣。

古池 neji

「不好意思。」對方邊說邊拍了下我的肩膀。

我回過頭，不知當時臉上是不是充滿著慾望呢？

不，雖然我有點在裝酷，但看起來一定不可疑吧。好想要、好想要、好想要，我超想做愛的。在app上找到男人之後就滿心期待，都已經做好一進旅館就要速戰速決被狠狠插入的準備了，超想要超想要超想要到不行。但距離約定好的時間已經過了二十分鐘，就在我準備要放棄的時候，肩膀被人拍了拍，我的臉上大概寫著「想要雞雞」吧，畢竟我自認也是公認的淫亂雞雞狂……

「藤崎先生？」

「咦？」他喊我本名？等下，這不是大山嗎，蛤？

喊我的不是約好的對象，而是大山，公司的後輩。雖然我是會計而他是業務，但他大學畢業後進到我們公司，從那時開始我就指導過他，所以多少有些往來。看我嚇一大跳，大山也露出困惑的表情。我臉上可能真的寫著「想要雞雞」吧；雖然沒有真的寫在臉上，但想必就是一臉想要雞雞的表情。突然被不熟的後輩看到這樣的臉，我當然只能說出「咦」，好像做了壞事被抓包。

「啊，那個。」

難道大山就是我約到的人？想要雞雞想到腦子當機的我一度閃過這個念頭，但應該不可能。不會吧？他一定是直男啊。雖然沒問過他是不是直男但他擺明就是，一定是的。這根雞雞是可以吃的雞雞嗎？還是不能吃的雞雞呢？大山的雞雞一定是不能吃的吧，是一根完全沒打算要插男人屁股的雞雞，一根純潔的雞雞。看起來很好吃呢。

意料之外的雞……不是，是意料之外的對象出現讓我嚇到呆住，拿在手上的手機螢幕亮了起來。為了確認對方有沒有聯絡，我就一直把 app 開著，此時畫面上傳來了一條訊息：「ㄎ勢ㄅ去ㄌ」

蛤？來嘛。就算本體不來雞雞也要來啊，不對其實雞雞才是本體吧，因為是雞雞在打字所以才會用注音文吧？

「藤、藤崎先生是 gay 啊。」

蛤？

「那個 app 是 gay 在用的吧。」

是這麼說沒錯。咦，這種事情是大家都知道的嗎？App 的畫面乍看非常普通啊，也沒有雞雞的照片，如果有的話我就不會用了。

「因為我有朋友在用。」

真的假的！是怎樣的朋友？快介紹給我。

「啊！」

不要突然大叫啦。

「抱、抱歉，我、我本來不是想講這個的……呃，那個……啊因為，我沒有跟任何人說過……」

「沒關係啦，我又沒在隱瞞。」

才不是，我一直都在隱瞞。雖然有在隱瞞，但萬一被發現的話那也沒辦法，公司又不會因為這樣就把我開除，而且聽說其他分公司好像有已經出櫃的 gay 跟他的伴侶領養了小孩之類的。可以聽到其他分公司的人有這種事已經很難得了，但我自己並不想變成這種難得事件的主角。人際關係只要保持著剛剛好的程度就好，但如果沒辦法維持那也就不用強求。

「啊，原來是這樣啊……啊可是沒聽你講過……」

「對啊。」

我想要釋出謝意，又不想被他抓住弱點，就給了一個敷衍的回應。為了不被別人抓到把柄我可是拚了老命。啊還有為了抓住雞雞也是。

「呃我……我，正要去吃飯……然後就看到藤崎先生……那個，如果方便的話，藤崎先生，要不要跟我一起去吃飯？」

「蛤？」

因為他說了一句出乎我意料的話，所以我下意識地瞪了他一眼。大山尷尬地看著我的臉，抓了抓臉頰。我看著這張臉，不自覺地心想，啊，可以去。

對，我這麼想。可以去。這傢伙是直男；雖然是直男，但是是可以吃的雞雞。聽不懂對吧，但確實有這種事。可以插別的男人的直男，跟不能插的直男，還有可以被插的直男跟不能被插的直男。雖然都是直男，但還是有這些差別的。這傢伙是可以插的直男，而且他會來插我，我就是知道。說不定不要知道還比較好，嗯。

我想起某天傍晚在電視上看到的一句話：肚子餓的時候最好不要去超市，因為會多買一些不必要的東西。好像是在我國中的時候吧，那時我跟媽媽一起住，媽媽對我說：「我肚子餓了，你去買菜吧。」我心不甘情不願地去了超市，結果回家之後，還沒煮晚飯就跟媽媽兩個人把買回來的一整袋洋芋片吃完了。人無法忤逆欲望，至少我是這樣啦。所以當性慾高漲的時候，最好不要跟男人見面。我知道這樣不好，明明知道，但如果遇到了該怎麼辦呢？就跟不能在超市裡吃外食一樣，我也不能現在馬上在這開始打手槍。

那該怎麼辦呢？也不能怎麼辦。

「藤崎先生？」

有些臉紅地喊著我名字的這個男人——大山，我記得名字叫順吧。這個男人莫名地可口，二十歲出頭的水嫩肌膚，剛硬的短髮，在這初秋時節穿著看來稍嫌單薄的襯衫和牛仔褲配一雙球鞋；寬厚的上半身和大長腿看起來休閒又不失氣度，是我公司的後輩，也是個直男。吃這樣的男人代價太高了，事後一定很難搞。為了打這一砲要付出的代價太高了。但是，我想吃，因為太餓了，在我眼前的這個男人說什麼都要吃到；而且這傢伙的雞雞一定很大，因為我之前在廁所看過，很大。不行，還沒被插就覺得已經輸給這根雞雞了。不對，我還沒輸，但我想輸，我想屈服於雞雞。我一直盯著大山看，不知為何他害羞地笑了出來。不要露出這種羞澀的笑容啦！算了不管了。

「走吧。」

我一邊小聲說著，一邊把手摟上他的腰。光是手上傳來的觸感，就讓我的尾椎發麻，嘴巴裡口水猛冒。這比我想得還要令人煩躁，現在馬上就想把他拖進巷子裡幫他大吹特吹。

「咦，要去哪？」

事到如今還問什麼去哪。我「嘖」了一聲，手裡摟著的腰嚇得抖了一下。我用力抓了一把，然後又鬆開。在熱鬧商圈裡的會合點附近，兩個男人之間能做的肢體接觸大概也就只能到這種程度了，得趕快把他帶到沒人看到的地方才行。我笑了，而且笑得很下流。

「旅館啊。」

「蛤?!」

太大聲了啦。我皺起眉頭，背對他向前走去。

大山跟了上來。我一方面感到安心，但同時又有一點失望。我現在就是想上床，在那之後會有什麼麻煩事現在不想去想，便加快了腳步。

♡

慾望和不安在心中交織，讓我超煩躁，一邊煩躁煩躁煩躁煩躁煩躁煩躁煩躁煩躁著，終於走進了旅館房間。大山雖然跟著進來了，但他臉上明顯一副「就算你這麼說但我還是有很多無法接受的地方」的表情，我就抓著他的脖子突然吻了上去。

「哇！」

我抓住他想往後躲的身體，咬住他的唇，接著舔了起來。大山的唇很厚實，是最適合接吻的嘴唇。我在他龐大的身軀上聞到年輕男子的汗香味，恍惚了一下。太棒了，腦子好像被融化似地，整個人都傻掉了。我把舌頭探進他口中，在他比我溫暖又寬大的口中咕嚕咕嚕地恣意舔弄。大山把原本往後縮的舌頭慢慢地往前伸出來，我們撫弄彼此的舌尖然後纏繞在一起。那是一條又溫暖又長又厚的舌頭。兩人在彼此口中咕溜咕溜地纏捲著。大山可能也被吻得傻掉了，變得積極起來。我開心地小聲笑了出來。

「唔哇！」

一邊進行動作一邊把對方壓倒在床上的技術，我是滿有自信的。我用力推一下，大山就可愛地坐倒在床上了。我完全沒給他重新調整姿勢的時間，立刻坐上他的身體把他推倒在床上。

「鞋、鞋子……」

「要幫你脫嗎？」

我一邊把膝蓋頂在他雙腿之間，嘴唇仍然貼在他的唇上這樣問著，同時我還用雙腳把自己的布鞋給脫了。這一鼓作氣的動作實在太乾淨俐落，連我都要迷上我自己了。

「啊。」

不等他回答，我的雙手就慢慢向下探去，左手停留在他的大腿上，右手幫他脫下運動鞋。穿著運動短襪的大腳丫，腳踝跟腳後跟有點粗糙，真是太棒了。我偷偷聞了一下他的腳味，雖然不能說完全沒有味道，但氣味並不強烈，害我有點小失望。平時我的喜好並不是這樣的，但做愛的時候如果聞到體味就會很開心。啊──真棒。

「你、你在聞什麼？」

被發現了。算了反正我本來就沒那麼喜歡腳味，放棄吧。

「這裡也能讓我聞一下嗎？」

我把頭放在他結實的大腿上，撫摸他的股間。

「咦？」

「反正就算你拒絕也沒用。」

我就這樣把頭壓在他的牛仔褲上，故意發出「嘶──」的聲音，用鼻子大大地吸了一口。太爽了。

「欸！你在幹嘛啦！」

「哈哈，明明硬了。」

我完全沒有回答到他的問題，但他的確勃起了，而且翹得超高。這就是全部的答案。我用鼻子摩擦著他翹得老高的胯間，彷彿在幫他的雞雞傳遞訊息。很硬，而且很大。透過牛仔褲也能聞到濕濕的味道，實在是太棒了。不知道是不是因為在這種情況下勃起讓他感到尷尬，雞雞的主人也放棄掙扎發出了呻吟。真是乖孩子。

雖然我喜歡穿著衣服做，但我想趕快進入正題，所以決定速速脫掉衣服。猶豫了那麼一秒鐘想說該不該問，但兩手已經自動地解開鈕釦、拉下拉鍊。他的內褲是灰色的四角褲，看起來穿了滿久的，像這樣不在意小細節的部分真的是超級直男。這種突然出現在日常生活裡的性愛，好色，好令人感恩。我用臉頰摩擦他的硬挺。

「啊……」

大山僵硬地用兩隻手肘撐起身體一邊看著我。雖然隔著內褲也能表達我的感謝，但要是被他穿回衣服就傷腦筋了，所以褲子也得趕快脫掉才行。我拉著他的牛仔褲和內褲正準備要一起脫下的時候，大山稍微挺起了腰。感謝您的協助。

於是，我終於和雞雞見面了。

「好大。」

我不是想討他歡心才稱讚他好大，就只是很單純地說了出口。好大，真的好大。雖然我知道他大，但是跟他尿尿時的形態完全不同。即使我已經閱雞無數，但他還是所有人之中最大的，已經是有點吃不下去的大小了。是一根能動搖經濟的雞雞啊，太漂亮了。

「唔……」

這根雞雞厲害到令我想要膜拜，大山本人卻害羞地呻吟著，跟他下半身那根閃閃發亮的暗紅色雞雞威風挺立的樣子大相逕庭。你也跟你的雞雞多學著點吧。

「好厲害……」

這次我的稱讚就多了點心機，但當我小聲地說出口之後，自己也覺得說得跟真的一樣。好厲害的雞雞啊。洗得很乾淨，沒什麼味道，但還是感覺得到是一隻充滿活力的生物，真棒。這就是年輕的雄性啊。雞雞根部的陰毛分布的範圍不大，不過很茂密，我忍不住把鼻子貼上去。

好棒的味道。是一股嗆鼻的男人味，可以讓人一直聞下去。真想做成香氛袋，給我陰毛吧。但如果要花時間做成香氛袋的話，這根聳立著的雞雞就會軟掉了。我像是跟雞雞打招呼似地撫摸著它。

「嘶——」

有人在旅館被愛撫雞雞會發出這種聲音嗎？我可沒有硬把你拉進來喔，是你自己跟在我後頭走來的耶？是在裝可愛嗎？你是很可愛沒錯啦。那我就給這可愛的孩子一點獎賞吧。我伸出舌頭，輕輕地舔了一下尖端。啊——是雞雞的味道。不好吃。由嫌惡產生的罪惡感讓我腦中一片混亂，嘴裡分泌出大量的口水。

「唔！你、你在幹嘛……」

雞雞明明硬得跟什麼一樣，卻還是有著初體驗的羞怯，真有趣。我對他擠出一個笑容，他困惑的臉變得更紅了。我的表情有那麼色嗎？

「你喜歡聽色色的話呀？那我告訴你我在幹嘛，我在幫你吹啊。」

「ㄔ、吹……」

不該說的。我好像是第一次跟這麼被動的傢伙做愛，因為平常在app上找的都是充滿幹勁的雞雞。發現自己好像對他有點玩笑開過頭之後就反悔了，於是我就用向他道歉的心情一口含住他的龜頭。啊——雞雞，真開心，我興奮得鼻孔都忍不住抖動著。

「啊、啊啊、啊……」

我仔細地舔著整顆龜頭，像要把嘴裡的口水都塗滿它一樣，滋嚕滋嚕地吸著，然後深深地含住它。我感恩有雞雞進到我口中的這份幸福，並給予真心的報答。我真的好喜歡雞雞喔，不論是形狀、氣味、口感或是它本身的功能都好喜歡，一抽一抽跳動著的樣子也好可愛。我也喜歡蛋蛋。我用左手手掌像在把玩似地捧著他的蛋蛋，輕輕搓揉著。

冰涼的觸感以及裡面彷彿累積了大量精子的重量感實在太棒了。感謝人類的生殖功能讓我可以體驗到這些，雖然射在我裡面是浪費了啦。

「唔唔……啊，好厲害……」

我停下含到根部的動作，改用嘴唇繞著雞雞的輪廓，再用舌頭舔著他的繫帶。大山好像很爽，深深地吸了一口氣。

「你的雞雞超——棒的喔。舒服嗎？覺得我的嘴巴如何？」

「啊……太棒了……」

真老實。

「乖孩子。」

我一口氣把他的雞雞吞到最底部，像要插穿喉嚨一樣。大山嚇了一跳，把腰部往後縮想要躲開，但被我壓得死死的。

「嘶！等、等一下、藤崎先生、唔哇！」

我被雞雞塞得呼吸困難。這種時候應該要壓住我的頭讓我吞得更深，把我的嘴當作小穴那樣抽插，不過大山沒那麼積極，他只會任我擺布。這種只有我在興奮的感覺也不錯。我就是個變態，所以被粗暴對待會感到興奮。幫人口交根本一點都不爽，為了對方的快樂而嘗到苦頭這件事才是我的快樂。我這男人根本沒救了吧。

「等、等一下！等……唔，不、不行！」

不知道是不是快射了，大山變得有點焦躁。我的雙臂緊緊地環抱他的腰，死不放手。我呼吸困難、鼻尖頂到陰毛、嘴巴裡的味道也不好吃，腦中一片混亂，但是好爽。我絕對絕對不放手，動作配合著在口中跳動的雞雞，突然間喉嚨就被塞滿了。

「唔啊、啊、啊、啊……」

大山的肌膚冒出大量汗珠，然後在我的喉嚨深處噗咻噗咻地射了出來。雖然精液的量不多，但射在這麼深的地方簡直快讓我窒息了。我一邊調整呼吸，小心不要讓精液從鼻孔逆流出來，一邊慢慢地吐出雞雞，然後停留在最前端的地方，「咻」的一聲把最後一滴也吸得一乾二淨。

「唔啊……」

大山把背靠在床上，無力地呻吟著。真——可愛啊。我笑了出來，把雞雞從我口中拔開，嘴角「噗滋」溢出溫暖的體液。

「謝謝招待。」

我爬上他虛脫的巨大身軀，對他伸出沾滿精液的舌頭。大山彷彿失了魂一樣張著嘴巴，儘管滿臉通紅，但仍凝視著我。我大口吞下精液，故意讓他看到喉結鼓動的樣子，一邊感受著難吃的味道與喉間的觸感。說實在真的有夠難吃，但明知難吃還是吞下去了這樣才棒。畢竟我原本就是喜歡對方強迫我硬吞的那派。大山的視線無法從我臉上移開。

「還是很有精神呢——」

我戳了一下又硬起來的雞雞，大山便「嘶」地發出一聲可愛的呻吟。很棒很棒，可以繼續做下去。我用異於常人的長舌舔舐著唇邊的精液，而且我可以感受到，大山的性慾被我這些故意的動作給撩了起來。

「呼，藤崎先生，那個……」

「嗯？怎摸惹？」

我歪著頭，用死都不會在公司發出的嗲聲回問大山，他就害羞了起來。太好了，看起來他正在逐漸失去理智。很好很好，我再加把勁吧，因為接下來你就要把雞雞插入男人的屁股裡囉，拋棄你的理智吧，這種東西我從一開始就沒有過。

「呃……那個……」

「嗯？」

大山坐直了身子，好像想要想清楚什麼事一樣。雖然雞雞還是露在外面啦。

「那個……你都……這種事……」

你是要問我是不是很常做這種事嗎？老實說，被他說教的煩躁感讓我快要軟掉了，但我還是裝成乖孩子的樣子，歪著頭笑著對他說：「只有對你這樣喔。」

「咦……」

怎麼可能。

雖然怎麼想都不可能，但大山臉上露出溫柔的表情，讓我瞬間心動了一下。

我感到一股罪惡感，但是做愛過程中所有的謊言都能被原諒所以沒關係。呃，應該沒關係吧，對大山這樣。雖然坐在你身上的是裝成一副乖孩子模樣卻超喜歡雞雞的二十八歲男子。是你射完之後腦子當機了呢，還是吊橋效應呢？我只是突然想起這個詞，不想再深究下去。

「真——可愛。」

我用沾滿黏膩精液的嘴跟他接吻，趁機迅速脫掉自己的衣服。襯衫是前開的，褲子是寬褲，這些都是我精心挑選的穿搭所以很快就脫到全裸了。我很常被說身材精瘦皮膚又好，乳頭也是漂——亮的粉紅色。如果對方也是同志的話還可以炫耀一下，但大山是直男，我就不刻意向他展示了。雖然大山好像腦子當機了讓我也很興奮，但我還是想降低風險，畢竟我是個精明能幹的男人嘛。

用沾滿黏膩精液的臭嘴跟大山的厚唇接吻真的超棒的。我用那根沒出息的硬雞雞去磨蹭大山硬到不行的雞雞，大山的腰也跟著動了起來。啊——真爽。

「藤崎先生……」

接吻的同時大山叫出我的名字，把手摸上我的臀部，小心翼翼地觸碰著，彷彿在確認有沒有什麼可怕的東西似地輕輕撫摸著。好癢。我假裝怕癢想要逃走似地動著我的腰，其實是趁機用雞雞磨蹭大山的雞雞，多工處理啊。

我只有胸部跟屁股有點肉，雖然脫衣服看不出來，但因為全身都很瘦所以脫掉之後就很明顯。我到國中為止都瘦瘦的，可能是因為用屁股做愛讓腦子當機之後長出來的肉吧，用變態的性愛換來的肉。外觀看起來充滿肉慾，摸起來的觸感也很棒，跟我做過的人都對這些部位讚不絕口。大山似乎很中意我的蜜桃臀，用手掌不停搓揉著，一副很享受的樣子。他用左手揉著我的屁股，右手在腰臀之間往返輕撫，像是想要確認我的渾圓曲線。我的身體容易發寒，而大山的手掌又大又暖，摸起來很舒服，讓我有種安心感。

我被其他事情搞到分心，發現原本在接吻的嘴巴不知何時停了下來，變成只有嘴唇緊貼而已，就把大山的雙唇深深吞入。

「嗯……」

大山的手停了下來。我趁機把之前從褲子口袋裡拿出來放好的小瓶潤滑液拿過來，用單手打開之後倒在雞雞上。大山嚇到抖了一下，但在他還沒搞清楚怎麼一回事之前，我就把菊穴對準雞雞的尖端，一口氣把龜頭給吞了進去。

「唔啊！」

「啊、啊、啊……」

雖然是我已經習慣的動作，也做好了準備，但比意料中還大，害我不禁叫了出來。大山也嚇了一跳，但還好沒有軟掉。我對他「嘿嘿」地笑著，一邊慢慢地坐下去。

「啊、啊、啊、好棒……好厲害……」

這粗度和長度簡直像被打樁打進肚子裡，但真的太——爽了！我的體內被男人征服，完全輸給雞雞了。我一個無力就倒在大山巨大的身軀上，緊緊抓著他粗壯的手臂，感受著大山的體溫、大山的體味。現在，我的一切都變成大山的了。完了，腦子好像融化了，一片空白。

「還、還好嗎……」

大山的聲音有些沙啞，不過這樣也超——棒的。我靠在他粗壯的脖子上。

「大、大山……」

「是……」

在我體內的那個東西實在是太大了，我怕叫得太大聲，就小小聲地喊著大山，雙唇像小鳥般輕輕啄著他的下巴，因為我也怕動作太大。被這麼大的雞雞插入之後馬上動起來的話會壞掉的。

「動一下……」

所以我希望由大山來動。

「狠狠幹我……」

我用甜美又沙啞的聲音說著，甚至連眼淚都流出來了。有汗味的水潤肌膚下方可以感受到堅硬的鬍子。我親了好幾次。

我哀求大山，對他說：「拜託。」他小聲地回應：「藤崎先生。」接著就用力地挺腰插入。力道之強，別說是肉穴，我覺得簡直連骨頭都要被他插歪了。我高聲尖叫出來。

「我要，動了喔……！」

雖然他有告知，但卻像是急得連說都不想說似地，就開始動了起來。

「唔、唔啊、啊、啊、啊、啊！」

床鋪吱嘎作響，我的汗水跟口水都被插得四散，超乎想像的巨根在我體內翻攪、衝刺，痛苦和快感混雜在一起讓我失去理智。

「藤崎先生……藤崎先生……！」

「大山！」

我像是喊出來似地叫著他的名字，緊緊抱著他粗壯的脖子。不這麼做的話可能會被插到掉下床去。

「藤崎先生……藤崎先生……」

「啊、啊……大山……大山……」

我搞不清楚自己目前是什麼樣子，腦中一片混亂，覺得又難受又很爽，想要大山更用力但又覺得要不行了。雖然腦中有各種想法，但只知道我不想跟大山分開，只有這個想法是清晰的，於是拚命緊貼著他。

「大山……大山……」

我用沾滿黏滑液體的臉磨蹭大山的肌膚，完全不想跟他的身體之間有任何縫隙。大山的呼吸也亂了，他雙手環抱著我的背，輕輕搖晃著我。

他用告知而非尋求許可的語氣，對我說了聲：「……抱歉了。」

忽然翻過身轉換了姿勢。

我的背部貼著濕透的床單，大山翻身到我身上。我突然望著大山的臉出神。斗大的汗珠從他光滑美麗的額頭落下，那是一張充滿慾望的年輕男人的臉。雖然不知道為什麼，但每次看到男人露出這樣的表情，我都會覺得感動。我就是為了看到這樣的表情而生的吧，如果可以的話我願意做任何事情來交換。話是這麼說，但我能做到的也就只有服務雞雞而已。

「藤崎先生……好可愛……」

欸不是，怎麼會是可愛呢？

我稍微冷靜了下來。大山像親吻公主般輕輕吻著我，接著用絕對不會對待公主的方式猛力抽動起他的腰。

「啊！等、等一下……太用力了！啊啊！」

就連我這種等級也有點被嚇到了。你的雞雞插入的可是一個活生生的人啊！被他抓住的腰好痛，撞擊出啪啪聲的肌膚好痛，為了容納大山粗壯的腰部而打開的雙腿好痛，被插入的菊穴好痛，被雞雞撞擊的深處也好痛。被這麼粗暴地插到深處，萬一壞掉怎麼辦？我忽然隱約感受到現實的恐懼感。可是，好爽，壞掉的事實讓我更加興奮。我的小穴被身強力壯的男人當成純粹只是讓雞雞爽的小穴、純粹只是發洩精液的小穴來用，這讓我超興奮的。

「啊、啊啊、好厲害啊大山！再、再、再用力一點！」

大山似乎沒聽見我的高聲呼喊，只沉溺在自己的快感之中。我喜歡他這種自我本位的奉獻，想抱住他汗流浹背的背卻沒辦法好好抱好而有點沮喪。我想抓住他的肩膀，也因為流汗而滑掉，小穴又突然被用力插入，害我整個人都虛脫了。

大山低吼似地叫著：「藤崎先生……」開始奮力猛攻。

「嘶——！啊、啊、啊、啊啊！」

我覺得好像要死掉了，好想就這樣被殺死。大山一邊嘶吼著，一邊像要噴血一樣準備要射了。啊不，搞不好真的是噴血？我的雞雞還在嗎？大山像要把我揉進他體內似地，把全身每個部位都流淌著各種液體的我緊緊抱在懷中。他的腰一陣陣顫抖著，我體內的雞雞也一陣陣顫抖著，我知道他射了。筋疲力盡的大山倒在同樣筋疲力盡的我身上，好重。看來雞雞應該還在。

大山同樣全身大汗，汗珠滴落到我身上，是年輕男性的清新汗味。我累得閉上眼睛。大山的身體漸漸冷卻下來，被他壓在底下的我也感到有點冷。雖然又髒又累又痛，身為社會化動物的我還是覺得該做些事後處理才行，但被這樣粗暴對待之後像被丟掉的舊垃圾一樣躺著，也有一種舊垃圾的安逸感，讓我懶得起身。

「藤、藤崎先生……」

大山喘著大氣，調整呼吸，用有點膽怯的聲音叫我。我本來想要笑著對他說「好——可愛」卻聲音分岔，說成「豪——咳」。畢竟我也很久沒有喘成這樣了。大山抖了一下，我小聲地咳了兩聲，對他說：「……幹嘛？」

總算順利發出聲音了。雖然這次比平時激烈沒錯，但還不至於讓我說不出話來。

「還、還好嗎？」

「不知道啦，不知道是誰的大雞雞害得我的屁眼都要壞掉了。」

這次我還真的沒把握。我的括約肌還活著嗎？肛門中央的感覺與其說是疼痛，更像是麻痺了一樣，而且這股麻木感擴散到我整個屁股，我完全無法想像到底是怎麼回事。

「咦？」

大山這時才意識到自己的雞雞還塞在裡面，匆忙地想拔出來。欸欸等一下啦！雞雞從菊穴裡拔出來的時候，咕嚕嚕地摩擦著還在發麻的內側。

「哇啊！」

夾雜著尖叫和喘息，我發出了令人羞恥的叫聲。現在應該連喉嚨也壞掉了吧。

「咦？」

「咦什麼啦。」

嗯，喉嚨還能用。

「幫我看看這裡怎樣了。」

又麻又累的雙腿閉不起來。我指著大大張開的腿間，大山便往那看了一眼，臉上染起了一抹紅。不要臉紅啦，混蛋，可愛得令人生氣。

「我看看……」

「不用害羞了啦，只要幫我看看我的屁眼是不是還是正常的屁眼就好。」

「啊，好的。」

在我不耐煩的指令下，他給了我業務往來般的回應。你要做的事就是確認這個三十歲左右的屁眼而已。大山雖然依舊紅著臉，不過這次看得很認真。

「我不確定什麼是……正常的狀態……」

說得也是。

「有裂開嗎？」

「是沒有啦，不過……」

「不過？」

「好像張得有點大……的感覺……」

應該只是比你的張得大一點而已吧，它本來就是一條垂直的裂縫。

「有張開成一個很大的洞嗎？」

「是不算大啦……」

那應該還好吧……被大山認真確認過之後，知道狀態沒有很糟，讓我鬆了一口氣。要是被說有紅紅的東西跑出來之類的那真的是爛透了。我自己也小心翼翼地摸了一下確認狀態，雖然有點腫不過似乎沒什麼大問題。我的菊穴還很完好呢。放心之後疲勞感馬上襲來，知道我的屁股對付這麼大的雞雞也沒問題就好了。

「啊。」

「怎麼了？」

「不是，那個、從裡面……」

「啊——」

原本以為是潤滑液，後來想想應該是精液流出來了。

「對不起……呃，沒關係嗎……」

「搞不好會懷孕喔——」

「咦？」

咦什麼咦啦。

「真的？屁股壞掉的話你要買尿布給我。」

「啊，那、那我會負責的……」

「啊，好的。」大山認真地點了點頭。

我完全無法理解這傢伙說的話到底哪部分是認真的……

「我休息一下就差不多要退房了，大山你接下來要幹嘛？去吃飯嗎？」

「說得也是，肚子餓了。藤崎先生想吃什麼呢？」

蛤？

「你要跟我吃飯？」

「對呀。我原本想去吃拉麵，但可以慢慢吃的地方比較好對吧。藤崎先生，你喜歡吃串燒嗎？」

他用清澈的眼神望著我，問我這個問題。我雖然「蛤？」了一聲，但一小時後，就在體內的精液都被清得一乾二淨的狀態下，跟他去了一間有點時髦的燒烤店，坐在半開放式的包廂裡。蛤？為什麼？跟剛才用雞雞在我身體裡狠插猛撞的男人一起吃飯，這是什麼玩法？我正這麼想著，才發現這其實是很普通的一件事。我已經有十年以上沒做過這種事了。約砲就是純約砲，我不會跟約砲對象在旅館以外的地方有任何交集。再說，把職場上認識的直男給吃了這種事我也沒做過。

「我要一杯啤酒。藤崎先生呢？」

「烏龍茶。」我對著來幫我們點餐的店員說著。

「不喝一點嗎？」

「放假的時候就不想喝了。」

本來想說先點個飲料就好，結果大山洋洋灑灑地點了玉子燒、毛豆、水菜沙拉、綜合串燒、月見雞肉丸、炸雞翅、唐揚炸雞一大堆食物。真會吃啊，是因為剛運動完嗎？我倒是已經想回家了。

店員走了之後，大山說：「啊，這餐就由我出吧。」

「不用啦，哪有讓後輩出錢的道理。」

「啊，可是剛才，是您出錢的……」

不要露出那種害羞的表情啦，那是給雞雞的費用啦。本來想這麼說的，後來放棄了。我現在連開這種玩笑的體力都沒有。雖然至今我一直抱持著「做什麼運動？做愛就好了」的心態，但看來還是要去一下健身房比較好，體力不好也不利做愛。

淋上桔醋的雞皮小菜和生啤酒、烏龍茶一起被送上來了。

「乾杯——」我隨意地跟他碰了杯。

「啊、是，乾杯。」

大山一口氣就把中杯生啤酒喝掉一半。

「喝太快了吧？」

「因為口渴……」

「你酒量沒那麼好吧，去跟店員要冰水啦冰水！」

大山害羞地笑了笑。雖然不常跟他一起聚餐，不過在全公司的聚餐上經常看到大山被其他業務們灌到面紅耳赤。

「藤崎先生酒量很好吧。」

沒那麼好啦，只是從我的表情跟態度看不出喝醉而已。喝完酒的隔天不論身上的氣味還是心情都會像廚餘一樣，所以我不太喝。但我並不討厭喝酒就是了，畢竟會喝一點總是比較方便。

「那個……你現在身體感覺還好嗎？」

「啊？只是想回家而已。」

「咦？已經想回家了嗎?!是身體哪裡不舒服嗎?!」

「啊歹勢，我沒事，只是心情上想回家而已。」

「心情……」

「我對於跟約砲對象一起吃飯這種事沒興趣。」

大山手肘撐桌，兩隻手握在一起。他人高馬大，所以手也很大。我實在氣自己覺得他那麼可愛。

「藤崎先生你……」

小小聲、欲言又止的樣子真可愛。

「啊？怎樣啦？」

他可愛得讓我心浮氣躁，我的回答也變得粗魯，有點嚇到大山了。嗯，果然可愛。即使同樣坐著，他的身形也明顯比我高大，但他卻用有點仰望的眼神看著我。太可愛了！直男就是這樣可愛！

「你在說謊吧。」

「蛤——?!」

大山說的話實在太令我意外了，害我忍不住大聲回話，甚至激動得屁股微微離開了座位。我趕緊坐下，結果這股坐下的力道讓我屁股發麻，又小小地「唉」了一聲。對著剛剛任你發洩的對象說你在說謊，這種話你說得出口？我瞪了他一眼，像要把自己縮小一樣縮起肩膀。

「嗯……但反正，你在說謊對吧？」

你在說什麼東西啦。

「你是業務的話就給我好好說話。」

「呃……那應該怎麼說才好呢？」

雖然我擺出一副前輩訓話的語氣，但其實我也不知道該怎麼說才好。我就直說了吧。

「這種話根本就不要說出口。」

「但是……如果是真的，那可就傷腦筋了呢……」

「咦？你是指哪件事？」

大山低下頭，害羞得連耳朵都發紅。

一樣。這個把雞雞插進我體內的男人，這副讓我慾望高漲的男體。

「那……我還可以跟你做嗎？」

「咦？」

完了我恍神了。這傢伙剛才說什麼來著？他好像說還要跟我做，但這可能是從我的願望產生的幻聽吧。我盯著大山看，他就開始坐立難安起來。真可愛啊。

「那個……就是……做那種事……」

我不小心對他使出羞恥 play 了。

「啊……」

要啊要啊超想做，現在在這裡就想做了。

可是啊，可是，我們在同一間公司啊……如果繼續下去的話，一定會很麻煩的。

雖然現在有種早知如此何必要做的感覺，啊可是就，有在運動的直男的大雞雞，實在是令人難以抗拒嘛……啊不對，雖然那時候也是超想做，但現在已經做完了，是兩碼子事了，不一樣不一樣。只做了一次的話還可以不算數，safe safe。

「不會再做了。」

「咦……」

「咦？」

大山的眼睛水潤潤的。很失望嗎？你就這麼想做嗎？性慾真強啊！好可怕！想要大葛格的屁股嗎？我不會再讓你用了。啊可是如果只再做一次的話應該沒關係吧……

「對象是我不行嗎？」

「不是啦，因為在同樣的職場，會有點……」

明明內心超級動搖，表面上卻還是口氣冷淡，這種反差連我自己都覺得噁心。我一直以來都拚命不讓別人抓到我的弱點，所以會習慣隱藏自己內心的動搖。

「這樣啊……」

就在我們陷入一陣超尷尬的沉默時，串燒送來了。一個看起來像大學生年紀的女店員幫我們分菜，我心裡一邊想著不好意思我們剛剛還在討論要不要繼續肛交這類的話題真的很抱歉喔，一邊微笑著向她道謝。整段過程大山一直低著頭。

「那個……不說了，先吃吧。」

我原本想說吃不下這麼多肉，但烤肉跟微焦的醬汁香氣激起我的食欲，我就拿了一串。是豬肝。大山仍然一臉嚴肅地拿起一串雞腿肉，就這樣含在嘴裡。

我也吃了一串，有著剛剛好的溫度、剛剛好的香氣、剛剛好的口感。疲憊的時候就會沒有食欲，但吃了一口發現這個肉真的很好吃，光是把肉放進嘴裡就能重振精神了，於是我細嚼慢嚥地吃著。

「很好吃欸這家店。」

「對吧！」大山的表情忽地明亮了起來。

「這家分量又多又好吃，藤崎先生也請你多吃點喔。」

「哈哈，謝了。」

接下來我們就只顧著吃飯。我一邊看著大山大快朵頤，一邊像是撿他吃剩的屑屑一樣小口小口地吃著。大山把他點的料理吃個精光，最後還加點了雞肉釜飯跟烏龍麵，不過也幾乎都是他一個人吃完的。雖然他吃飯的速度很快，但不論是拿筷子的方式，還是把盤子裡的食物吃乾淨這些細節都很優雅，啤酒也只加點了一杯，吃飯的時候他幾乎都沒有開口說話。真是有教養，簡直像個高中生似的。這種最會讓我暈船了。我以前也有過這種食量……從那時開始我除了做愛之外幾乎不做其他運動，不過的確看過身邊有人這麼會吃。

吃完飯之後，兩人之間已經毫無情色的氣氛，我們彼此就用「果然做完愛之後去吃飯就像什麼事沒發生過才是成熟大人啊」的氣氛道別了。這餐是大山出的錢，不過本來就幾乎都是他吃的沒錯啦……

我決定今天不要再做愛了，直接回家，也不想認真打手槍，就只是一邊玩弄著自己的雞雞跟屁眼，一邊回味著今天的性愛，最後沒有射出來就這樣睡覺。起床後因為晨勃就簡單打了一槍。我想起了大山。這跟睡前那槍不一樣，是為了打手槍這個明確的目的才反覆回想的。我想起那個覆蓋著我的巨大身軀，戳刺我喉嚨的大雞雞，精液的腥臭味。屁股跟髖關節還在痛，當我想起我是被如何粗暴對待，喉嚨還會感到一陣麻痺。我習慣性地伸手撫摸自己的乳頭，想到昨天這裡沒被摸到就覺得有點可惜。要是被他的手指夾住一定很痛，但我喜歡這種痛。我喜歡的痛並不是雙方明確扮演S跟M才能體驗到的痛，而是對方的慾望突破舒適的界線時所感受到的痛。真想聽到有人對我說「你真是個大變態啊」、「你這個變態雞雞狂」之類的話。大山。大山。大山的話應該會願意對我說吧。

藤崎先生。

當我耳邊再次響起大山低沉卻還帶點孩子氣的聲音時，我就射了。也太快了吧，高中生嗎。我自己都忍不住笑了出來。

「但是不會再跟他做了。」

我一邊碎念著一邊起身下床，肚子有夠餓。我再也不跟大山做了，不過暫時還是會拿他當打手槍的素材啦。

雖然我是這麼想的，但結果還是做了……

蛤，你說什麼？我的確說過不要做了。但是「結果還是」是什麼意思……做出決定的當下是認真的沒錯，但我本來就不相信自己，是根據過往經驗的不相信。還有就是，還是會覺得可惜嘛，他雞雞那麼大……雖然我當時真的是認真做出決定的……為什麼不試著堅守自己不要跟他做愛的約定呢？我真是……淫蕩的雞雞狂……啊——可是真的很爽……大雞雞最棒了……

「藤崎先生？」

大山把手臂枕在我的頭底下這樣開口問我，他些微沙啞的聲音似乎還殘留著性愛的餘韻。做之前沒有先洗澡，所以我聞到兩人混合在一起的體味。雖說是混合在一起，但因為我的體味比較淡，所以應該說是大山年輕的氣味包圍著我的氣味。啊——真受不了——這味道我無法抗拒，也沒有理由抗拒，所以我無罪。就算我是淫蕩的雞雞狂，也會被寬恕的。

「你還好嗎？」

他的聲音充滿擔心，手掌十分寵溺地摸著我的頭。有人做愛之後會變得冷淡，也有人會變得溫柔，大山好像屬於後者。我沒有特別的喜好，但如果是直男的話還是希望對方是後者，畢竟女孩子就應該被溫柔對待嘛……啊。

「我說那個山本小姐啊。」

「咦？啊，是。」

雖然我拋出話題的方式很唐突，不過大山唰地就拋開臉上殘留的性愛餘韻，冷靜地回答我。真厲害啊。

「禿頭那邊就像我剛說的，我會請專務幫忙，如果這段時間她有事需要去總務部的話，就盡量找你或是其他的男生……啊……找三上代替她去吧。實在沒辦法的話，就叫她來找我。」

「我知道了。對不起，明明是業務部的事情還麻煩你。」

「不用道歉啦。放任有前科的傢伙不管，本來就是公司的責任。」

「公司很常發生這種事嗎？」

「呃……自從現在的專務上任之後有變少了啦，因為他對這種事情很嚴格看待。在他之前簡直糟透了，還鬧到有警察來公司。明明在鬧到警局之前就可以做出處分的說。」

說著說著我也上火了。我真的很討厭性騷擾，超討厭。女人真可憐，光是身為女人，就已經有許多比男人還辛苦的地方了，為什麼還要對她們做這種事？爛透了。要做的話就衝著我來啊。山本小姐真的太可憐了。我想起山本小姐拚命忍住眼淚卻還是忍不住哭出來的樣子，就忍不住歸懶趴火。

山本小姐是大學剛畢業的業務，又瘦又白又矮小，戴著一副眼鏡，總是綁著馬尾，外表乾乾淨淨的，沒有過多的打扮，看上去還有點孩子氣。她念的大學很好，光是跟她聊一兩句就能感覺出她很聰明，而且她認真又有禮貌，不論是客戶還是部門的經理都對她評價很好。但最近似乎被總務部的禿老頭性騷擾。我今天原本打算準時下班時，大山把我留下，帶到資料室偷偷告訴我。大山還沒開口前，我看到他一副快要崩潰的表情，害我還興奮地以為「咦，要在這裡把我就地正法嗎？可是我什麼都沒準備欸」。不過我當然沒告訴他。山本小姐，對不起啊。回到正題，山本小姐沒有把這件事告訴公司的任何人，也不知道該怎麼做才好，是大山看到禿頭一直纏著她，跟她要聯絡方式，大山就私下去問她怎麼一回事，然後山本小姐就哭出來了。對方用暗示的方式威脅山本小姐：「我是總務部的人，所以也知道你家住哪。」這讓她相當不安。好可憐。那個禿老頭之前當經理的時候也對其他剛畢業的小女生做過這種事，所以被降職調去總務部。在這之前可能早有前科，而且他大概不知道自己做的事情有多惡質，因為每次都是同一招，利用自己的職位和手上握有的資訊，製造對方的不安和無力感，而忘記自己的行為有多卑鄙。就算被處罰，他也只會覺得是自己運氣不好而已。

「可是為什麼要告訴我？有其他更適合說的人吧。」

尤其總務部的股長又是女性，應該會妥善處理這種事，再說也有其他職位更高更適合的人。

「……因為我只想得到藤崎先生。」

「真假？為什麼？」

「為什麼……因為我覺得你應該會馬上幫忙處理。」

我是馬上就處理了沒錯啦。跟山本小姐本人確認過之後，我就告訴了總務部的高層，也聯絡了專務。但這些都是小事。

「一般都會幫忙的吧。」

大山忽然笑了出來。他的表情似乎蘊含著微妙的意涵，讓我有點生氣。不要露出那副「我就知道」的表情啦。

「藤崎先生人真好。」

「因為我讓你無套中出嗎？」

「咦?!蛤?!不是啦！」

「太大聲了啦。」

躺在你手臂上的時候對我說話不用這麼大聲啦。

「對不起……」大山小聲嘀咕著。

之前我就隱約覺得這傢伙似乎不擅長說謊，現在更能具體感受到了。直男都不擅長說謊吧。

「那個……藤崎先生你肚子餓了嗎？」

就是因為你老是喊肚子餓，剛才一起把山本小姐送到車站之後就想說跟你去吃個飯好了，結果小老二開始躁動起來，就把你帶到旅館了。雖然說原本是想去吃飯結果卻吃到雞雞是很令人感恩沒錯啦。

「我吃過雞雞了所以不——餓。」

「咦……」

「做完之後我都會沒有食欲，想吃的話你自己去吧。」

「蛤……那可以點客房服務來吃嗎？」

聽他這麼一說我才想起來還有這個服務。雖然來過這個旅館好幾次，但我一直沒把它當作能吃飯的地方。

「你可以點，但我要回家了。」

「那我不吃了！」

「你不吃我也要回家。」

大山的臉色馬上暗了下來，臉上彷彿就寫著「失望」二字。到底想怎樣？我就是討厭直男這一點。打完砲之後還想待在一起真的太爛了！我就只有做愛的時候想跟對方在一起，不論跟誰都是。

「嘿咻。」

我一邊發出像老爺爺般的聲音一邊坐起身來，卻發現自己的聲音聽起來好像真的老爺爺而感到沮喪，好像不發出聲音就很難站起來。原來自己也不年輕了啊。這更讓我真切感受到自己是跟年輕小伙在一起。

「啊，你還好嗎？」年輕人在擔心我呢。

「我去沖澡。」我答得很不耐煩。

汗乾了之後皮膚變得黏答答的，讓我已經不年輕的肌膚聞起來糟透了，而且再不處理一下裡面的話，別說現在要吃什麼了，到明天我就會死掉了。但人生中最想放空的時間如果真的放空的話肚子就會餓死。打砲的代價也太高了吧？做之前也需要前置作業。女人的話代價就更高了吧？雖然事後處理只要戴套就好，可是又不想戴套。如果對方說想戴套的話就非戴不可了，但那又不是我的雞雞。但我是會戴啦。唉，果然不是事事都能順心如意啊。

正當我打算下床時，我的手腕突然被抓住了。什麼？要再做一次？明天放假是沒關係啦。我剛才躺得像條爛抹布一樣，所以這次不要再像剛才那麼溫柔了，就用像要射在爛抹布上的方式對待我吧。

「可以……一起嗎？」

蛤？

「不可以喔。」

「咦?!」

「我不只是要沖澡而已欸。」

「交給我！」

「蛤？你知道要做什麼嗎？」

「呃、就是，要清、清理裡面對吧?!」

原來你知道啊。是說你會知道也不奇怪就是了，因為你有朋友是 gay 嘛。但話好像也不是這麼說的。

「我才不讓你弄！」

「咦，為什麼……」

就算你又擺出一副失望的表情也是不行的。

「你幫我清的話我就再也不跟你做了。」

糟了。

失言了。屁眼變鬆之後嘴巴也會變鬆嗎？我的意圖有這麼容易就流出了嗎？這根本是失禁了吧。如果大便也失禁了該怎麼辦？大便失禁跟性慾失禁哪一種比較好？

「你還願意跟我做嗎？」

不要只聽你自己想聽的部分啦！

我氣得對他說「不要跟來啦」就轉身把自己鎖進浴室，心浮氣躁地開始洗澡。

你還願意跟我做嗎？

就是這種白目發言讓我上火，但有一部分也是對聽到這種話反而感到安心的自己上火。

做到第三次的時候，彼此似乎都有點習慣了。雖然之前我一直覺得不不不才不會習慣咧，但眼前就有個想跟我做愛的大雞雞直男，而且之前也跟他做過了，這些條件加起來就，那個了。不得不做。

「這裡，很敏感呢。」

不要吵啦給我安靜地吸！明明腦子裡發出反射性的吐槽，實際上從嘴巴裡發出來的卻是甜美的嬌喘。沒錯，那裡，很敏感，我的乳頭真的很敏感……

「藤崎先生真可愛……」

「唔……」

才不可愛。雖然想要提出反駁，但又想不到能不讓大山的雞雞洩氣的反駁方式，只能發出甜美的低吼。大山的嘴巴吸著我的左乳頭，手指玩弄著我的右乳頭。我瘦弱的胸部上只有薄薄的一層皮肉，皮肉的頂點有醒目的微紅乳暈，而在乳暈之中有著不注意看可能會看不見的小小乳頭。不論是我自己玩還是被別人玩，我的乳頭都不會變大，只會變得敏感，我就是這樣的體質。大山的粗大手指像在探索一般摳弄著我的乳頭，另一邊則是毫無技巧地亂吸一通，但已經讓我超有感覺，甚至光是想著可能會被他撫摸就讓我有感覺了。

「大山——」

「嗯？會痛嗎？」

「用咬的……」

「咦？要我咬嗎？」

大山還在疑惑時，我就抱住他的後腦杓往自己的胸部貼近。於是，大山張開嘴，輕輕地把牙齒抵住我的乳頭。大山的牙齒潔白又整齊，是一口看起來長得很好的美齒。

「啊啊……啊……」

光是想到他的牙齒抵到我的乳頭，就讓我的乳頭跟腰部都感到一陣酸麻。我像在催促他似地，用雙手跟雙腳緊緊纏住他巨大的身軀。

「要……還要……」

就算我具體地說出自己的期望，大山也只是用牙齒輕輕地刮了一下而已。我要你咬嘛，咬到流血，我想要你毫不留情地讓敏感的部位感到疼痛。那裡凸凸的就是讓你隨便咬的嘛，我就想要你更粗暴地對待我的身體。

「咬我嘛……因為……啊、啊、啊……」

好爽。可是感覺沒搔到癢處。為什麼不好好咬呢？

或許是我太耍賴，大山用明確的方式表達出他的不情願，咬住了我的乳暈而不是乳頭。

「嘶！啊、啊、啊……」

我雖然叫他咬我，但其實沒想到他會真的咬下去。我感受到的衝擊大過快感，就全身發抖，射得一塌糊塗，嘴角還不停流著口水。我現在看起來一定糟透了。

「高潮了……嗎？」

大山用感到意外的聲音問我。如果這是在玩羞恥 play 的話，我就可以興奮地演出害羞的樣子，但大山的語調好像是真的嚇到，所以我也就真的覺得超羞恥。我扭著身體，想逃開大山專注盯著我雙腿之間的視線，但我的腰卻被他壓著。此刻的我內心混合著早洩的羞恥跟希望大山不要因此軟掉的期望。大山不懂我內心的糾葛，衝著我露出了一個溫暖的微笑。

「藤崎先生……超可愛的……」

這傢伙是認真的嗎？你看到的是一個中年男子的糗態欸。發現竟然有比我腦袋更怪的傢伙，我就有點冷靜下來。我現在還有什麼好害羞的，還有什麼比活著對我來說更羞恥的事？不，雖然這樣的發想稍微有點太跳躍了，但明明我也玩過更羞恥的玩法。所謂的癡態玩法我幾乎都玩過了。當我想要找回初心的時候，卻把自己最不想曝露的糗態給曝露出來了，我都已經二十八歲了，而且對方還是個年紀比我小的直男。沒關係的，難道因為是年下的直男我就要害羞嗎？這完——全沒道理啊。

「藤崎先生只有在做愛的時候，變得超級超級可愛呢……」

什麼「只有在」？做愛的時候也不可愛啦，只是在做愛的時候你的大腦被雞雞支配了而已啦。

我的大腦也被雞雞支配了，所以不會說出這種理所當然的話，只是用雙手捧起大山的臉頰，對他說：「吻我……」

被雞雞支配的大山沒有說話的空檔，就張嘴像要把我的嘴給包住一樣吻著我。啊——好舒服……我張開嘴，一邊流著口水，一邊伸出舌頭纏住他的舌頭，碰到了大山的牙齒。我一想到這就是剛剛咬過我乳頭的牙齒……就興奮了。我那根還沾滿精液的雞雞又再次勃起，摩擦著大山硬梆梆的雞雞。

「可、可以放進去嗎……」

大山趁著接吻的間隙小聲地問我。我們蜻蜓點水般啾、啾、啾地吻著，我也順勢把雙腳大大張開。

「嗯……我也想要……放進來……」

大山「哈」一聲嘆息著。

「啊——真可愛……」

你說謊。

剛才的親吻和堅硬的雞雞讓我的大腦變成一團漿糊，聽到這句話之後腦漿又有點要恢復原狀，不過在它回到正常狀態前，大山的大雞雞就滋嚕地滑進來了。雖然沒那麼誇張，但他的雞雞大到我覺得尾椎骨都要變形了。即使已經習慣，我還是因為大山的雞雞太大而感到疼痛與異物感，忍不住低聲呻吟。大山察覺之後，就慢慢地、慢慢地推進，而且不知道是不是在忍耐，大山也發出了低沉的呻吟。不過他好像試著想要緩和我的痛楚，啾啾啾地親吻我整張臉，還把我流出來的口水跟眼淚舔掉。咦，這難道是你的喜好嗎？我只想到口水乾掉之後不是會很臭嗎。

「進去了喔。」

感謝您的報告。

為了回應他的報告，我用手指輕撫大山的雞雞根部跟自己肛門的交合處。雞雞緊密地嵌入其中了，體內的痛感也夾雜著充實感。

「好厲害……」

就算已經用過好幾次，還是覺得好厲害。可以變得這麼大，還可以放進來。你很厲害，我也很厲害喔。想著想著又走神的我，對上大山的眼神，他就對我露出一個好溫柔、好溫柔的笑容，一個好像只想跟某個人分享這個重要瞬間的表情。

啊。

「動一下。」

我閉上眼睛，緊緊抱住大山，一邊晃動腰部，撩撥那根在我體內的雞雞。我從兩人貼合的肌膚可以感覺到大山正在憋氣。你看，是不是很爽？動起來會更爽喔，我們就是為了這個爽感才做這種事的呀，用彼此的身體來感到愉悅，就是為了這個。這份不道德的合約是為了只有在此時可以做這種跟其他人不能做的事，為了這種只能跟重要的人才能做的事。只要閉上眼睛用身體去感受，就不會知道對方是誰了。用又大又年輕的雞雞插入我，就只是這樣而已。就這樣健康快樂地活著，性慾過剩的話，就算插的是男人的屁眼也可以。男人就是這樣的，每個人都一樣，每個人都一樣啊。

「動一下嘛，快點，喂。」

我一邊向他撒嬌，一邊晃動著我的腰。幹嘛一直盯著我看啦？快點！快點給我動起來！把我的屁眼當成小穴來用。除了小穴還有什麼其他說法嗎？

「……藤崎先生。」

大山喊著我的名字，接著用他的大手捧著我的臉，那是一雙能夠把男人的臉全部包住的大手。他的手繼續往我的脖子滑下去。我的脖子又細又長很顯眼，很多男人都愛摸我的脖子。每當他們摸到我的脖子，我都覺得他們是不是要掐住我。之前我遇過一個男人，會掐我的脖子來調整菊穴的緊縮度，像是在玩某種玩具一樣。那次真的很爽。有一次被對方認真掐到我覺得自己可能快要死掉了，事後為了隱藏脖子的痕跡還花了一番功夫。但是真——的很爽，所以當下我覺得就這樣死掉也沒關係。我想著，大山也會這樣掐我脖子嗎？但是，我覺得，他一定不會這麼做的吧。有點失望。

「藤崎先生。」

大山的手指只是輕輕地撫摸著我的脖子，然後又繼續滑到我的背。沒被摸到的脖子覺得好寂寞，空得都感受得到空氣的流動。他的手繼續摸到我的腰，像是在確認我的身體形狀，之後便溫柔地抱住我。明明脖子沒有被掐住，我卻覺得喘不過氣來。大山像是欲言又止般吐了一口氣，對我說：

「藤崎先生，我喜歡你。」

我的血液忽地冷掉，汗也冷掉，全身起雞皮疙瘩。

「我喜歡你……藤崎先生，我喜歡你。」

你說謊。

我用想要揍死他的氣勢、用盡孱弱肉體的全部力氣，把大山推倒在床上。大山睜大眼睛看著我，不是因為痛，單純只是因為被我嚇到。我根本手無縛雞之力，而大山是如此強大，是天真又倔強的可愛生物，會說謊的生物。而我從很久以前，就喜歡這個生物喜歡得不得了。再這樣喜歡下去，一定會發生些什麼的。我總是這樣想著，一直這樣想。

「我也喜歡你啦。」

平時說不出口的，終於憋不住了。不知為何，當我說出這句話時，眼淚也跟著一起湧出，為了不讓大山看見我流淚的臉，我低下頭，拚命地擺動我的腰。

我聽見有人對我說：「好可愛。」

好可愛。這是我常聽到的話，我從小就在這樣的讚美中長大。「長得好可愛的小孩啊」，「眼睛又大、睫毛又長、膚色又白，嘴唇又厚又水潤，真是個超可愛的孩子呢」。大家看到我都會露出笑容，摸著我的臉笑著對我說，好可愛的小女生喔。小女生。我有個大我三歲的姊姊，所以經常會穿她不要的衣服，儘管只是紅色或黃色的上衣，就讓當時的我看起來像個女孩子。在家時我姊有時候會讓我穿裙子，我也就老老實實地穿上了，然後兩個人玩起扮公主的家家酒遊戲，我們為了不存在的王子要跟誰結婚而吵架，或是幫姊姊準備她的結婚典禮。她也曾經拿媽媽的化妝品來幫我化妝，爸媽看了都笑出來，還幫我拍照。當時的我真可愛。

我並不想成為女生，也不認為自己是女生。上小學之後我的個子慢慢長高，被認為是女生的次數就減少了，跟姊姊的公主遊戲也漸漸地不玩了。我很自然地接納這一切的轉變，成為了一個可愛的男生。那時候的我還會被說可愛，我也喜歡人家說我可愛，就連這個詞彙中包含著有點像是霸凌、像被對方抓在手掌心、像是甜美的侮辱的這些部分，我都喜歡。我習慣被這樣對待，不知道還有什麼其他的做法。

我不曾想要變成女生。我喜歡自己的肉體、喜歡被誇可愛的臉、喜歡柔弱的四肢，甚至雙腿之間垂下的性器我都喜歡。我沒有任何不滿。我喜歡我自己。

但是，我想成為公主，沒錯，公主。我並不想成為統治者的女兒，而是想成為被王子深愛的公主。我想被王子選中，被他捧在手掌心珍惜。我想像姊姊書櫃的少女漫畫裡面的女生一樣，跟少女漫畫裡的男生談戀愛。雖然我知道我喜歡少女漫畫，但說不出為什麼喜歡。那是我的祕密，只有自己知道，不會告訴任何人。在別人面前，我會把我的喜悅和我的願望牢牢封印起來。在這個被封印起來的小小樂園裡，這個小小的、可愛的、愚蠢的我會成為公主，等待王子的到來。在堅固無比的門後，是一顆不能接觸外界空氣、也不能接納別人一根手指頭的，又柔軟又脆弱的做夢的心。

好可愛。

有個人對我這樣小聲說著。

我不是公主，也沒有什麼王子，我其實都知道，我只是在做夢。

我真的可愛嗎？

好可愛。

有個人，對我這樣說著，聲音聽起來就像我在夢裡見過的王子。

門被強行打開，手伸進來。被傷害、被玩弄、被拋棄的，小小的、可愛的、愚蠢的，孩子。

這是哪啊？

因為我發現側躺的方向跟平常不一樣，這才發現這裡並不是自己的房間，下一秒才意會過來這裡是旅館房間。

「藤崎先生。」

「唔哇！」

在我還沒想起怎麼進到旅館的時候就被大山叫住，發出了低沉的聲音，而且因為喉嚨很乾，發出怪聲之後忍不住開始狂咳一陣。不知道是不是老了，最近咳嗽的聲音變得越來越粗糙了。

「還、還好嗎？啊，水。」

我接過他遞來的寶特瓶，用無力的手指打開瓶蓋。應該要先打開瓶蓋再給我啊。我坐起身來咕嚕咕嚕地喝水，雖然差點噎到，但之後很順暢地喝了下去。這水真好喝。

「藤崎先──」

「現在幾點啊？」

「呃……」

沒等他回答，我就自己把手機拿來看了。已經超過兩點了。

「沒電車了啦！」

嘴上發著牢騷，心底卻也有些微的安心。安心？怎麼會？想到接下來要搭電車回家的話確實有點憂鬱。正想著得去洗個澡才行，這才發現肌膚上已經沒有黏膩感，身上還穿著旅館的薄睡袍。這是大山幫我穿的吧，幫我處理體內精液的也是他。我當下本來想要說些什麼，但好像說什麼都不對，就假裝沒發現。這傢伙是如何在我睡著時觸碰我身體的呢？當我想著這件事，冒出了跟以往想到大山時沒有產生過的感情。再想下去就太複雜了，我趕緊叫自己停下思考，就當作沒這回事吧。把自己藏起來，這種事我最擅長了，只有逃走我最會。

明明逃走也解決不了什麼。

無法逃脫的我，對著逃走的我的背影如此說著。即使如此，我還是要逃。

「睡了。」

我閉上眼睛，仍然感覺到大山在看著我閉上眼睛的睡容。我擔心自己現在看起來不好看，但又討厭在意這件事的自己。要露出什麼樣的面貌才會嚇到這傢伙呢？屁眼都給他看了，甚至屁眼的裡面也給他看了。可能是因為在跟平常不一樣的地方睡覺，所以莫名地有點感傷。雖然話題內容是關於屁眼，但畢竟肛交就是我的日常，所以就算屁眼被插我也會變得多愁善感。算了不講了，睡吧。

「藤崎先生。」

你這樣我睡不著啦！我說要睡了就不要再跟我搭話了啦！雖然腦子裡這樣想著，但他叫我藤崎先生的語調太傷感了，讓我氣不起來。我真是個善良的大叔啊，唉，可是，我其實不想這麼善良。騙你的啦。我也想要善良，但我無法面對以善良為基礎的對等關係，我習慣有明確的上下之分，比方說「直男大人請把雞雞借給我」、「後輩請我吃飯」之類的，除此之外的關係我沒辦法處理，真的沒辦法。沒有人會跟我有平等的位置。這裡是直男大人賞賜精液給我的位置，我不能去其他地方。

「……我喜歡你。」

「啊？」

我睜開眼眨了眨眼睛，又看著他眨了眨眼睛。大山一瞬間有點被突然放棄繼續假睡的我嚇到，不過他馬上就又回到一臉認真的表情。不要這樣一臉認真啦。

「請跟我交往。」

「才不要。」

在我好好思考、好好感受之前就脫口而出了。不——要，絕對不要。但能夠這麼明確地說出不要讓我覺得有點感動，或許就是因為什麼都沒想才說得出口的吧。如果認真思考的話，可能會因為想要雞雞而拒絕不了。

「為、為什麼呢？」

欸不是，反過來說，為什麼你會覺得說不定有那麼一丁點的可能性呢？

「我不會喜歡上可以把雞雞插進男人屁眼的男人啦。」

「蛤?!」

聲音還真大。

「不然你行嗎？你喜歡這種嗎？」

「呃……是這個問題嗎？」

「自己做不到的事情就不要要求別人啦。」

大山一臉超級無法理解的表情，但我剛才說的都是認真的。如果你自己不會愛上插男人屁眼的雞雞主人，為什麼覺得我就會愛呢？真令人火大。

「那個……不是，如果藤崎先生想要的話，我是也可以當那邊啦……」

「蛤？你說那邊的意思是當零嗎？我不插男人屁股的，不行不行。」

「是喔……」

這什麼反應。

超——尷尬的。如果再做一次的話彼此就可以爽爽去睡了吧……我半認真地思考著，但是身體真的超——痛，可能沒辦法了。該怎麼辦呢？

「……藤崎先生，你的想法很獨特呢。」

不要用委婉的方式說我壞話。

「除了我之外，你目前有其他做愛的對象嗎？」

「是沒有啦。」

雖然沒有其他對象，但並不表示我想找，只是現在沒有可以在床上全力以赴的體力跟時間而已。如果兩者都有的話，我一定每天都想含不同的雞雞啊。不，真的會這樣嗎？我不知道。我不擅長討論假設性的問題，因為假設性的問題都只會走向一種結果，就是面對事實。現在的我也只能假裝自己有體力又有時間才做出這樣的回答。現在的我就是做了一小丁點錯誤的選擇之後變得無可奈何，也無法重新來過了。

「那跟我談戀愛，有什麼不可以？」

大山試圖釐清我的問題，並且想要解決問題的語氣，聽起來就像個業務。

我喜歡這種簡單的思考方式。我喜歡思考方式簡單的男人，也欣賞簡單的思考方式，但我也同樣討厭這些。不知道這世界上有多少人，能夠完全不憎恨自己喜歡、憧憬卻又得不到的東西。

「談戀愛什麼的我不要。」

「為什麼呢？」

雖然想到他會接著問，但沒想到他會問得這麼禮貌，我就笑出來了。因為累得無法好好控制臉上的肌肉，所以笑得比原本預想的更令人討厭。

「可能因為我被這輩子第一次喜歡的男人給強暴了吧。」

大山的臉色唰地就暗沉下來。我覺得很爽。我喜歡像翻桌一樣把正經的對話瞬間毀掉的感覺，而我大概也只會這一招。對方手上有牌，我手裡也有牌，但在彼此亮出全部的牌之前，我就讓遊戲玩不下去。就是因為這樣，才談不了戀愛的吧，因為我不想讓任何人知道我手裡的牌。

「……對不起。」

大山一臉蒼白地用之前從未聽過的口氣向我道歉。

「我沒事啦，反正這是常有的事。」

「常有的事……我不這麼覺得。」

「是嗎？」

我就此打住，不再多說了。是常有的事喔，其實，真的很常遇到。這種事情發生在別人身上的話，無論對方說得多麼開朗，聽起來都很悲傷。但當這種事發生在我自己身上，我就覺得這沒什麼好傷心的了。與其說是悲劇，更像是失敗的喜劇。這齣戲不是因我而起，卻只有我永遠下不了台。

「反正就是這樣啦，我要睡了。」

我把被毀掉的對話丟給大山收拾，就閉上眼了。可以感覺到大山就在我身旁，在離我非常近的地方，一動也不動的，也不睡覺。這不是那麼值得煩惱的事吧，真可悲。

即使沒那麼想睡，但身體的疲勞感還是讓我漸漸沉睡。我感覺大山在看著我。或許不是感覺，是我希望他這麼做。我希望他在意我嗎？簡直跟笨蛋一樣。話說回來，剛才那番話其實沒必要說出來。我一邊注意不要讓自己的睡容崩壞，一邊在心裡開著一個人的反省會。沒必要說的，我從來沒對任何人說過；不論是對重要的人還是打砲對象還是再也不會見面的人，我都沒有說過。但是說了也不會有什麼改變吧？然後就不了了之。被自己喜歡的對象強暴，說實在的，跟強暴這個字眼的強度比起來根本不算什麼，我只是沒有能夠說出來的機會，並不是要刻意隱瞞。所以就算是大山，也希望他聽完被嚇完之後能忘記就好了。

真的，不是什麼大不了的事，想說的話對誰都可以說。

我在睏意中繼續嘟嘟囔囔地開著反省會。大山仍然一動也不動。這傢伙的高中時代是怎麼度過的啊？剛才說起那件事勾起我的回憶，和現在躺在身邊的大山產生了奇妙的連結。他應該是個善良的直男吧，強暴什麼的，應該跟他完全扯不上邊吧。真好，畢竟讓別人傷心是不好的，真是個長得很好的善良直男。但你為什麼會把雞雞插到職場大叔的屁股裡呢？給我想起你的高中時代！你那時候談了怎樣的戀愛？跟同社團的可愛女生交往，因為找不到好時機連手都沒牽到，卻被對方看到跟其他女生聊得很開心的樣子而被罵之類的，快跟我說這種故事啊！跟我說一些會讓人不自覺露出微笑、清新得像曬過太陽的衣服、讓人眼睛發亮的這種戀愛故事。我喜歡聽這種故事。

大山用稱不上是聲音，只能說像是嘆息般的聲音叫我。別叫我啦。他似乎猶豫了一下，然後摸上我的臉頰。他的摸法像是觸摸一個一碰就壞的物品，卻又忍不住想摸。我不知道自己的表情有沒有改變。他已經發現我在裝睡了吧，但我又不能不繼續裝睡，表現出我在裝睡的意志才是重點。

「藤崎先生。」

我感覺到大山躺在我身邊。跟打砲的對象一起睡覺、純粹為了睡眠的睡覺，真的很久沒有過了。我想起高中時代，跟強暴我的那個傢伙，還有宿舍的雙人房。我們曾經是室友，他三不五時就會侵犯我。能想像得到嗎？大山，你應該無法想像吧。不用想也沒關係，只有我會三不五時想起。你的高中時代，是什麼樣子呢？我想像中的大山，跟那個傢伙的樣貌重疊了。開朗的笑容，巨大的身軀，還有大雞雞。

被強暴什麼的，真的不是什麼大不了的事。因為他說我會喜歡，他說是我誘惑他的，他說 gay 都喜歡被這樣。儘管我並不喜歡。

就是這樣啦，就是這樣。我的確很開心。被強暴的我，很開心。聽到這番話的大山，你會露出什麼表情呢？

我想知道，我不想知道。兩者都是真的，這些都是我。

我意志力很薄弱，大山可能也是如此，所以在奇妙地坦承那個感傷的故事之後，我們還是繼續上床。大山很明顯地對我特別上心，像是不得不小心對待一個易碎物似的，但只要我跟他說去旅館吧他還是會乖乖地跟著我，在我做事前準備的時候乖乖地坐在床上等我，一邊說著不行啦我做不到還是一邊順暢地把我推倒在床上，脫下西裝褲之後露出已經硬梆梆的雞雞。而且，在做愛的時候也不會做出脫序的事情，還會從容地戴上保險套。即使我叫他無套插入他也絕對不會答應。我看著這個用單手就能壓制我還能俐落地戴套的傢伙，只能唔啊唔啊地發出憤怒又沮喪的呻吟。是說這麼簡單就能做到的事，那之前那些無套的性愛不就表示是那個意思嗎，就是這傢伙其實也想要無套嘛。那現在也可以無套啊。就算你知道了那個無聊的老故事，之前你奮力抽插還射在裡面的那個人，跟現在的我，是同一個我啊。不覺得這根本是廢話嗎。

「我喜歡你。」

大山在做愛的過程中偶爾會這麼說，只有在做愛的時候會說。這種「喜歡」到底算什麼？我不懂。我對直男的了解僅止於如何對待雞雞而已，要我去思考直男的想法會讓頭腦變得一團混亂。

「我也是。」

在做愛的時候，我也會這麼說。與其說是對大山說，更像是對大山的雞雞說的。大山的雞雞聽了之後會很高興地在我體內蠕動。我也會撒嬌似地夾緊菊穴來回報他，期待著他會不會更粗魯地對待我呢。這樣的慾求也變成了快感，讓我陷入混亂，這種就好像、真的就像，這種做愛就像，啊——該怎麼說呢，嗯。就是那個嘛……呃……

「好像情侶呢。」

你不要說得這麼明白啦！

要是平常我就會直接這樣吐槽出來了，但在做愛的當下實在說不出口。因為雞雞還在裡面，只能含著淚對他說：「笨蛋……」我在幹嘛？我對雞雞也太諂媚了吧。不過大山的腦子也變成雞雞了，所以他露出一臉猥褻的表情對我說：「好可愛……」一邊慢慢地、慢慢地捏著我的敏感帶。我的身體完全沒有感覺到痛，卻還是很爽。這樣不行……

啊——不行……真的，這樣真的，不行……笨蛋……會變成笨蛋啦……

「真可愛。」

大山舔著我的嘴唇，然後就張嘴一口把我的嘴給含住，像個小孩子一樣，覺得這個東西很可愛所以就放進嘴裡。可愛。他覺得我可愛。他讓我太開心了，他對我太溫柔了，這份心情卻無處可逃。真的，就像，戀人一樣；就像，被愛一樣。就像，戀人一樣，被愛。不只是頭腦的理性，而是全部的身體感官都如此相信著，但我的腦袋現在就跟笨蛋一樣，所以沒辦法從理性上做出否定。

「藤崎先生，我最喜歡你了。」

我流淚了。我也喜歡。不，我不確定。什麼是喜歡？是指這個傢伙把雞雞塞進我體內嗎？大概是吧。我們的身體緊密相連。不是跟其他人緊密相連，而是只有我們兩人。一旦冒出這種想法就真的完蛋了，啊——這就是所謂的命運吧……你就是我的王子啊……就會冒出這種心情。因為雞雞正在我裡面啊，這是一件多了不得的事啊。世界上有這種事嗎？雞雞只有一個啊，是要害啊，這個東西正在插進我體內啊，而且還是屁眼喔。難以相信吧！因為發生了難以置信的事情，所以才會這麼開心。這是命運啊！命中注定的王子。命中注定的雞雞。

喜歡，超喜歡。我又流淚了。大山用插入我體內的雞雞讓我晃動，我就晃動了，在我體內深處的某個東西也跟著晃動，長久沉睡在那的某個東西也開始晃動，就像飄盪在雪花球裡閃閃發光的碎片一樣。那是很久很久之前就破掉但卻無法去除的碎片，現在正在閃閃發光。它讓雞雞插進屁股這種瘋狂的行為看起來變得美好。這裡有愛之類的東西，就像為了突顯最美麗的事物，就需要最醜陋的事物；為了要把這種下流的行為轉變成愛的行為，需要來點魔法，比如說愛之類的。就是愛。在我的體內和眼球某處，閃閃發亮的碎片正在飛舞。美麗的光芒，愛的光芒，充滿著我全身。

「藤崎先生。」

喊了我的名字之後，大山就緊緊地抱住我，彷彿在用身體告訴我想要把我永遠、永遠關在這裡。我哭了。被愛好開心，愛人也好開心。

大山本來緩慢的動作變快了，我為了不要讓自己被晃落也緊緊地巴著大山。大山的背不停顫抖著，在我體內的雞雞也在顫抖，他「哈——」地吐出長長的一口氣之後，我就知道他射精了。我也不自覺地射了，空氣中瀰漫著汗水和精液的味道。我閉上眼，大山像是做出某種暗示般地抱住我，然後靜靜地拔出雞雞。汗水變得冰涼，黑暗中只剩下我一個人。已經沒有什麼閃閃發亮的東西了。什麼是愛啊？剛才還在內心翻騰的那股高漲情緒，跟著射精一起沉到我體內深處，再也找不到了。如果是被丟掉的也就算了。做愛的興奮感結束之後，就只有疼痛。閃閃發亮的微小凶器，讓我渾身是血。

「藤崎先生。」

大山聲音沙啞，似乎還沒從性愛的興奮中清醒過來，這讓我非常火大。我揮開他對我伸出的手。大山沒有不高興，而是笑了出來，露出像在面對一隻貓一樣的表情，這讓我更生氣了。如果只有火大也就算了，但我又有一絲絲的安心感，便傷心地閉上眼睛。我果然上了年紀，不只是性愛後的疲勞或關節痛這些部分而已，而是心靈上了年紀，會變得容易感傷，因為沒有抵抗能力。我想，大概是時候到了吧。說是時候到了，但究竟是該放棄什麼的時候到了呢？上床？這不可能。雖然反射性地覺得不可能，但我能感覺到，或許真的是時候到了。跟不認識的男人見面，讓他們粗暴地對待我之類的，或許該結束做這些事的時候到了。一旦有過這樣的想法，就再也回不去了。那該怎麼辦呢？

「藤崎先生。」

透過床鋪的搖晃，我知道做完事後清理的大山爬上床躺在我身邊。明明身體完全沒有碰觸到，大山的體溫仍然很有存在感。做愛也就算了，但這算什麼？不要跟我一起放空啦，我不想跟你分享任何生活點滴啦。但此時此刻我也無法馬上起身，再加上年紀的關係體力低下，有好幾次做完之後就這樣一起睡覺了。可能真的是時候到了吧。乾淨俐落地上床之後乾淨俐落地離去，小時候的我覺得這就是大人會做的事，但這可能反而是年輕時才做得到。像年輕時那樣做完就走的體力，現在已經沒有了。

結果還是得重蹈覆轍嗎？當我想到這個，便打了個冷顫。打完冷顫後過了一會兒，就連自己在害怕什麼都不知道了。大山。大山的性愛，跟之前睡過的男人們都不一樣。我沒有被那麼溫柔地擁抱過，像對待一個珍貴的易碎物一樣，把我抱住。

像是在愛我。

還好，在被腦中浮現出的詞語給打垮之前，我的理性出現了。怎麼會呢。我趕緊把腦中浮現的文字給塗掉。這些，全部都是謊言。我不管啦，或許是真的吧，但我還是賭是謊言那一邊。考慮到萬一賭輸會失去什麼，我就只有那一邊可以賭了。

「藤崎先生。」

不要用這種聲音叫我。我繼續裝睡。

「山本小姐的那件事啊。」

「嗯?!」

不小心發出一個很大的聲音讓我嗆得咳出來。大山嚇了一跳。到底是被我的大聲還是被我的咳嗽嚇到的呢？我清了清嗓子，重新調整自己的聲調。

「……這種事在做愛之前就要講啊。」

「啊，對不起……就是，山本小姐那件事啊。」

大山稍微躺正了些，我也跟著躺正。雖然是全裸。

「她說跟我說了之後好像就沒有再發生那種事了，希望我跟藤崎先生也說聲謝謝。」

「啊，這樣啊。可是——」

「啊，但我們不會就此掉以輕心，會照你說的保持注意。」

沒錯沒錯。我點了點頭。

「再過一陣子專務應該就會做出處置了。對她真不好意思啊花了這麼久的時間，要是可以當場殺了他就好了。」

大山噗地笑了出來。我沒有在說笑話欸。

「山本小姐好像真的很開心呢。」

「蛤？為什麼？」

「我們從一開始就相信她。」

我一時說不出話來。過了一會，我慎重地對大山說：「因為那個禿頭前科累累，所以處理起來很快……但就算他沒有前科，我也相信山本小姐，今後也是如此，你再幫我跟她說。」

「好的，我會轉達的。」

大山認真地點了點頭。我累得閉上了眼睛。

「我就是喜歡你這一點。」

「啊？」

「藤崎先生的這種……溫柔？」

「我才不溫柔呢。」

「你在說謊吧。」

「你在找架吵嗎？」

「我是在調情喔。」大山笑著說。

可惡。跟吵架比起來我不知道哪種比較好。

「藤崎先生，你之前說你喜歡喝酒對吧。」

咦？什麼？你在說什麼？我從生鏽的腦袋中努力找尋過往的相關記憶。

「……聚餐的時候？」

「你還記得嘛。」

「啊？你是在虧我嗎？」

「不是，我以為只有我記得。」

在這傢伙還是個新進員工時，某次聚餐上，正巧來訪的關西業務部長很中意大山，就一直勸他酒。那位業務部長雖然人不壞，但就是很愛灌酒。他以前是橄欖球社團的，喜歡運動型的男人，也喜歡勸吃勸喝。那時候我隱約發現大山的酒量不像他外表看起來的那麼好，所以當我發現他快不行的時候，就跑過去插話，對部長說「請讓我也喝一點嘛」，然後大口大口地喝酒，跟部長聊一些關西那邊的事情。這個時候，連脖子都已經發紅的大山一臉抱歉地喝著我拿給他的冰水。因為我跑過去打斷部長，所以一直心驚膽跳地想說講些好話就可以閃人了，就東扯西扯講些無關緊要的話。

「你是說覺得欠我人情的那件事嗎？」

「說是人情嘛……我是覺得，藤崎先生很會注意小地方呢。」

「啊？」這是在說我壞話嗎？

「不是，該怎麼說呢……那種人跟學生時代遇到的人差很多不是嗎，畢竟以前我整天都在忙社團。而且我……當下也不覺得有到非常困擾的地步，我想說就算繼續被灌酒應該也沒關係吧。」

是嗎？應該也沒關係？

「是我多管閒事了？」

「不是……呃……就是說……我沒有想到會被你出手相救，也沒想過出手幫我的會是這樣的人，所以有點驚訝。」

「哈——喔。」

大山一臉害羞，我打了個呵欠。

「我以前沒有遇過像藤崎先生這樣的人。」

「我倒是已經見多了像你這樣的傢伙。」

「呃那個……反正，就是這樣啦，那你要跟我交往嗎？」

你在說什麼啦。

「我不是說不要嗎。」

「說不定你改變心意了啊。」

「沒有啦。」

我稍微想像了一下如果這傢伙現在回答我「啊，這樣啊」就放棄的話，我會是什麼樣的心情。儘管很沒出息，我可能會覺得有點傷心吧。但我已經沒有能夠把一切都賭在浪漫上的年輕本錢，所以這點悲傷不算什麼。這一點點的浪漫，應該很快就會忘記。說什麼忘不了的傷痛，沒這回事的。人沒有辦法選擇不受到傷害，能選擇的只有傷害的種類。我只想避開致命傷。避得掉嗎？但我還是想避免。當我擺出這樣的姿態時，我就覺得自己似乎連致命傷都承受得起。那時候的我，完全毫無防備，也不知道自己在幹嘛，就只是沉迷其中。

「我會等你，等到你改變心意為止。」

不會變啦我都已經這樣過了十年了。我沒有這樣回答他，只是閉上眼睛。是嗎？十年？已經過了十年了嗎？那傢伙現在在幹嘛呢？應該已經忘記我了吧，一定是的。我不知道是被記住比較好，還是被遺忘比較好，但我始終記得。什麼時候才能忘掉呢？我想起那傢伙的臉，挺拔的身高跟龐大的身軀，還有端正的五官。雖然五官看起來很平凡，但湊在一起就是一張帥得剛剛好的臉，微微下垂的眼角看起來有點甜，他笑的時候眼角就會擠出皺紋。那個笑容天真無邪，毫無防備，彷彿沒有受過傷，也沒有傷害過別人。完美的傢伙，完美的笑容，完美的直男。

就像大山。

一天當我準備回家時，山本小姐叫住我。

「嗯？怎麼了？」

「方便借一步說話嗎？不好意思打擾到您下班時間。」

「沒關係，反正我沒事。」

雖然不是密閉空間，但我們還是悄悄移動到不容易被人發現的走廊盡頭。山本小姐靜靜地跟著我。當我們停下之後，她就對我低下頭。她低頭的樣子真美。

「非常感謝您幫了我這麼多。」

好像是因為專務直接去找禿頭談，所以禿頭從這週開始就不來公司了。這樣下去他應該會自請離職吧。我也能鬆一口氣了。

「啊——不會啦，妳言重了。」

「不行不行，真的麻煩您了。」

面對她如此認真的發言，我搖了搖頭。

「辛苦妳了。我才要跟妳道歉，畢竟他有前科，如果我們可以早點注意到就好了。」

自己說完這句話之後才發現，對於發生這種事而道歉只是為了自保吧。畢竟如果被別人知道的有這種事發生的話就麻煩了。

山本小姐露出微妙的笑容對我說「不會不會」，然後又低下頭了。我知道她在哭，但我同時似乎也明白她不想被別人發現她在哭，所以我什麼話也沒說，就只是靜靜站在那裡。

「……我在想這會不會是正常的。」

「嗯？」

「就是……那種事啊，會不會是很正常的呢，是不是我做錯了什麼。」

「沒這回事喔。」

「可是……」

山本小姐好像還有話想說，我就靜靜地等她開口。

「比方說……大山先生，就不會做出……這種事對吧。」

「咦？」

山本小姐笑了，似乎想要透過笑容來維持些什麼。

「像我……就是會遇到這種事……雖然遇到這種事……但好像也不是什麼太意外的事情……但是……有的人就不會這樣。」

山本小姐似乎也不知道到底要說些什麼，只是一邊懷疑自己一邊對我說出這些話。她大概原本沒有打算要告訴我這些吧。

但有些真相就只能用這種方式說出來，那些真相彷彿吐一口氣就會被吹得消失殆盡、無法堆積成形。藏在我內心的真相已經全部都消失無蹤、再也找不到了，但我記得他們的存在。

「該怎麼說呢……我、我很害怕，可是……真的遇到了之後，」山本小姐又笑了，只有聲音聽起來像在哭似地微微顫抖。「真的很慘，不是嗎……只有、只有我，會遇到、這種事……」

「這不是山本小姐的問題喔。」

原本不願意說話的我忍不住開口了。山本小姐的嘴角好像掛著樣板笑容般地皮笑肉不笑，忽地停止了發言。

「這不是山本小姐的問題。有做壞事的傢伙存在，是因為……有一群人製造出這種令人為難的狀況，並不是妳的問題。與其說妳沒有錯，更應該說只有妳沒有錯。除了妳之外，包括我和大山，我們所有人都有錯，放任這種狀況發生的所有人都有錯，只有妳沒有錯。」

我在說什麼？我都不知道自己在說些什麼了，但我就是想說。我想告訴山本小姐，已經受傷、被惡意傷害的人，不要把錯歸咎在自己身上。這是我個人的想法，不確定這樣的說法對山本小姐來說是不是她需要的或是她想要聽的，我只是用前輩的態度講出一些煞有其事的話，並且拚命按捺無法控制欲望的自己。

山本小姐茫然地看著正在按捺欲望的我。剝除掉她身上所有的裝飾，就是一個名叫山本的女孩站在那裡，一個受了傷的年輕女孩。她是如此年幼又脆弱，讓我莫名地感到悲傷萬分。凡事都用強弱去判斷，這觀念在我腦中已根深柢固，但我發現，會有這樣的判斷並不是我心中自然產生的，而是反映出了某種存在，才會做出這樣的判斷。

但是山本小姐只有一瞬間在我面前露出柔弱的樣子，接著馬上調整自己的表情。她撲簌簌地眨著眼睛，把沾在眼角的東西給抖掉。

「……對不起，說了些奇怪的話。」

「才沒有呢。」

山本小姐露出了難以言喻的表情，讓我想對她說「乾脆揍我幾拳來洩憤吧」。但我也知道沒這麼容易就能讓她洩憤，所以就繼續沉默著。真尷尬。

「藤崎先生？」

我們兩人忽地抬起頭。尷尬的氣氛中隱藏著其他的尷尬。大山一臉訝異地站在那裡。

「山本小姐？你們兩人在這做什麼？」

「啊，沒什麼。」

山本小姐對大山的說話方式意外地冷淡。大山對她則像是比對我更溫柔、更紳士的感覺。

「藤崎先生不好意思，今天很謝謝你。」

山本小姐轉身重新面向我，對我低頭道謝。

「啊、嗯。還有什麼問題的話再跟我說，我也會多加注意的。」

「好的。不好意思，那我先走了。」

她再次輕輕低下頭對我道謝，便轉身離開。

「發生什麼事了嗎？」

「啊——沒事啦，她特地來跟我道謝而已。她真是多禮。」

我對大山說她其實可以不用這麼多禮的，結果大山露出了微妙的表情。

「怎麼了？」

「呃……那個，我明白你的意思，但站在她的角度來看，受了這些照顧，的確是會讓她放在心上的啊。」

「……也是啦。」

「要是我能夠更高明地，用不會對她本人造成壓力的方式來解決就好了。」

真善良啊，我反射性地這麼想著。就算不是對我善良，而是對其他女生善良，我也能坦然接受。真是個善良的好男人啊。真想變成女生，被這種男人這麼善良地對待。如果我是山本小姐的話，一定會喜歡上大山。我想起山本小姐剛剛的樣子。雖然男女之間的戀愛關係完全不在我的專業領域之內，但我看不出來山本小姐有喜歡大山的感覺。

雖然我是會喜歡啦。

「藤崎先生？」

我回過神來，看著大山。又善良又寬容、外貌跟身材又好，收入也不錯、工作能力也很棒，對女生來說可能沒什麼魅力但是雞雞很大，又是直男，實在沒什麼好挑剔的。我要是山本小姐的話一定會愛上他。我喜歡男人，大雞雞跟直男都超喜歡的，也跟大山上床了，但是。

「為什麼我沒有喜歡上你呢？」

我在說什麼啊？我慌張地確認了四周，沒有其他人在。發現自己說話不經大腦之後，心臟劇烈跳動得五臟六腑都移位了，感覺超不舒服。我帶著這股不舒服的感覺看著大山的臉。

「……這樣啊。」

不要傷心啦。

「……等下要一起去吃飯嗎？」

所以說，我到底在說什麼啦。當我說完「當然」兩字之後，大山的表情忽然間就變開朗了，害我錯過了接下去說「是騙你的啦」的時機。所以說我到底在說什麼東西啦。我是笨蛋嗎？雖然我的確是。

「我去準備一下，請你等我一下喔。」

「好啦。」

「請等我一下喔！」

雖然他說得很小聲，但我確實感受到他的興奮之情。我把用在社會生活上的肌肉反射動作拿來擠出一張笑臉，然後向他揮手。大山一邊走一邊不時地回頭看著我，最後跑了起來。是有在運動的人會有的跑步方式。從跳動的西裝下襬可以看到他緊繃的臀部。這個為了我奔跑的男人，太完美了，他具備了所有條件，但我還是沒有愛上他。即使是完美的男人，也無法讓我戀愛。

戀愛。

很久很久以前就粉碎的東西像針一樣刺痛我內臟柔軟的部分。戀愛。小時候我很渴望戀愛，想像著總有一天王子會到來之類的。即使我知道這樣的想法很蠢，但我還是如此珍惜著這個愚蠢的想法，深深藏在我心裡，不讓任何人發現。

我懷抱著這個無法告訴別人的渴望長大了，談了一場無法告訴別人的戀愛。這一切都很愚蠢，我很愚蠢，對方也是，就是那傢伙，很像大山的傢伙。雖然他很像大山，但跟大山還是有著根本上的差異。我不應該愛上那個傢伙的，我知道，我明明知道。

但，那就是愛。那是不該犯下的過錯。但，那是我唯一的一次戀愛。

「藤崎先生，起床囉。」

我醒了。我雖然醒了，但還不想起床。這樣算是起床了嗎？吃完飯之後我想把皮帶解開。墊在臉下的右手好麻，我覺得這種麻痺感越來越難恢復了。是從什麼時候開始的呢？可以靠調整飲食來改善嗎？反正就是老了。就是老了啦，真可怕。我的左肩被拍了一下，什麼啦。右邊有一個溫暖的東西，什麼？啊，是一個人。我聞到人類的味道，酒跟襯衫跟年輕男人的味道。是那傢伙嗎？那傢伙。我打了個冷顫。那傢伙，但那傢伙究竟是誰？

「藤崎先生，你醒了嗎？」

是大山。

「醒了。」

喝太多了。本來想用更正經的聲音回答他，結果只能發出很明顯就是還在半夢半醒又還在醉的聲音。或許這才是我原本的聲音吧，平常的聲音反而是裝出來的。畢竟在做愛的時候我也是這種聲音，像個小伙子一樣的聲音。或許我還是個小伙子吧，只有身體變老了。這不是糟透了嗎。

「還好嗎？要喝水嗎？」

「要。」

大山用手臂撐著我，像是把我抱住一樣，我就順勢地往後靠過去。我臉上一定有袖釦的痕跡吧，這種睡痕很難消耶。我實在沒有力氣了，連眼前的水杯都懶得伸手去拿。桌子上除了水杯以外什麼東西都沒有，我睡著了之後大山在幹嘛呢？要是我的話就會把這種醉漢丟下自己回家了。啊不，不會啦，不管丟下誰自己回家，都會擔心那個人的。要是我跟我自己喝酒的話，我就會丟下我自己回家，但我又不能跟我自己喝酒。

「好，這樣喝得到嗎？」

大山溫柔得像在對待小嬰兒似地，一邊支撐著我的身體，一邊把水杯拿到我唇邊，我就反射性地張開嘴，慢慢地喝下有小碎冰的水。這傢伙好像很習慣照顧喝醉的人。

「還要喝一點嗎？」

「嗯。」

我又喝了一點。不只精液還會餵我喝水真是有夠厲害的。我的嘴角稍微有點沾濕，他就拿起紙巾幫我擦乾。

「我說你啊。」我靠在他身上說著。

「我在。」

「做這些事很開心吧。」

「啊……或許吧。」

他說這些話的聲音聽起來就像在苦笑。我們兩個人在一起時他會這樣打哈哈似地笑好像還是第一次。

「我看得出來。」我說。

大山花了一點力氣便輕鬆移動我的身體，讓我跟他貼得更緊。襯衫包覆著大山的身體，從他的腋下可以聞到稀微的汗味，強壯的雄性氣味。我的身體比他小了一號又單薄，他想對我怎樣都可以。

「對方比你弱小的話，你會很開心對吧。」

「藤崎先生？」

大山嚇了一跳。哈哈，我笑了出來，笑了之後，眼淚也跟著掉下來。止不住的眼淚，滴滴答答地掉下來。我的內心也像滴滴答答的眼淚，碎得滿地。一直都碎得一片片的。

「我啊。」

「是。」

雖然大山撐住我、讓我靠在他身上的姿勢沒有變，但他咻地挺直了背脊。他拿出燙過的手帕，輕輕擦拭我的眼角。這是善良的人會有的動作，或者說，是王子的動作。但我不是公主，我只是個嚎啕醜哭的雞雞狂同性戀。我不是一開始就這樣的，大概吧。是吧？是吧。如果不是這樣的話就得不到救贖了。不是指我，而是我的家人。

「長得很漂亮吧？」

「咦？啊、是……是的沒錯。」

「頭腦也很聰明、運動神經也還不錯，理解力也很好，以前是個好孩子喔。」

「這樣啊。」

從大山的反應可以看得出來他雖然聽不太懂，但總之還是先表現出傾聽的態度這種意圖。我咳了一聲，大山馬上就摸了摸我的背，把水杯拿給我，我就乖乖地喝了。我又咳了一聲，聲音聽起來沒有剛才那麼濁了。可能因為汙濁的東西已經回到我的內臟了吧。

「我啊，從小時候就喜歡男生，國中的時候因為念的是公立的男女混校，所以很痛苦。就是，要跟女生談戀愛之類的事情。」

「看來當年你桃花很旺呢。」

是很旺啊。很多桃花並不會讓我覺得煩，但面對對方真誠的心意，我卻必須說謊以對，這點讓我很痛苦。我又咳了一聲，這次我自己拿起水杯來喝。現在已經差不多可以正常講話了。

「高中念的是男校，是全校住校制的貴族學校。」

「啊，這樣啊。」

「我雖然不是體保生，但在社團裡還算是滿強的。我們宿舍是兩人一間，室友是棒球社的。他長得很高，總是笑咪咪的、很開朗的樣子，聲音也很大。」

「……喔。」

好溫柔的聲音，那傢伙也是這樣的。是這樣嗎？我不知道。我已經想不起來了，即使回想起來，也夾雜了太多之後的各種印象。那傢伙真溫柔。我的確有過這樣覺得的瞬間，雖然具體情況想不太起來，但是有過，我覺得有。

眼淚又掉了下來。我嘆了口氣繼續說。

「……我喜歡他。」

原本想用一副沒什麼大不了的語氣說出來的，但還是辦不到。我的聲音聽起來就像現在正在初戀的毛頭小子一樣。那個時候，我沒辦法像這樣說出口。如果當初可以這樣說出口的話會比較好嗎？不會，因為沒有這種選項。我的內心變得一團混亂。我又哭了。我繼續說，不能不繼續說。

「雖然我喜歡他……但我當時不打算告訴他，我覺得必須要隱瞞……因為我知道，那傢伙，一定，不可能會喜歡我的。」

我說著說著，突然想起連自己都已經忘記的回憶，就噗哧笑了出來。

「而且跟不喜歡的人發生關係這種事，我想都沒想過。並不是不想要……而是我覺得這件事本身就不可能發生。上床什麼的……不只這個，就連接吻……這些，全部都是要跟喜歡的人做的事才對……我以為要像童話故事一樣的戀愛，才是戀愛……所以……因為那傢伙不會喜歡我……我們之間應該什麼都沒有吧……我覺得應該不會有吧……」

我不想說了。說出來的話，就會變成真的了。是這樣嗎？如果不說的話，這件事就不存在了嗎？騙人，才不會。就算我不告訴任何人，那都是已經發生過的事了。發生了那件事之後，我還活到現在。

所有一切發生過的事情，都無法當作不存在。

這是當然的吧，連小孩子都懂這個道理。但是，可能，我不想認同這一點，就是發生過的就沒辦法當作不存在。我接下來這輩子，都還得生活在已經發生過的狀態裡啊。雖然不想認同，但我也同樣地不想忘記。我沒辦法在假裝沒那件事的狀態下活下去。我不想讓已經發生過的事情被淡化。把我搞得一團糟的那些事情，在那之後也一直一直，讓我一團糟的生活還在現在進行式。我只能當作它是現在進行式，我不想讓它成為過去，我辦不到。但它的確逐漸遠去。它仍然存在著，仍然是一團混亂，只是沉到我心中的某處，在它之上形成了新的我。一切都太遲了，我已經無法脫離。

當我沉浸在隱隱的痛楚中，聞到了大山的味道，感受到了大山的體溫。大山在等我開口繼續說。他沒有催促我，只是靜靜地等待，什麼也沒有做。

「但是，老實說……」

老實說。

「老實說……我可能想要讓你知道。因為那是對我來說很重要的事情……我可能希望你會注意到。」

我已經不懂了。發生事情的當下，究竟是怎麼一回事，連我自己也無法觀察。所謂的觀察，是對自己在無意識的狀況下做出無意識動作賦予意義。在自己無意識的狀態下，只能做出無意識的反應，但如果要賦予它一個解釋，事後連自己都無法判斷。我在無意識間、在自己也沒注意到的狀態下，做了各式各樣的動作，基於喜歡而做出的動作。是因為我希望讓對方注意到嗎？我不知道。如果被發現了會怎樣呢？我也不知道，應該說，我根本沒想過這件事。對我來說在那之前的戀愛都是架空的幻想，跟現實生活中的男人會有怎樣的戀愛，就跟童話故事一樣不具體，我只有夢過而已。是美夢讓我動了起來，並不是我想去做的，只是做過這樣的夢而已。

結果，這件事，就被觀察到了，被我以外的人，被那傢伙。

「『你喜歡我嗎？』……那傢伙這樣問我。」

那時我們一起坐在床上，一張小小的床，是那傢伙的床。我們並肩坐著，在睡前聊了一些話。他突然轉過頭看著我。我因為一直盯著他看，所以視線就這樣跟他對上了。好開心。當時的我應該有露出開心的表情。那傢伙的聲音聽起來像在開玩笑，眼睛裡卻帶著恐懼，問了我這句話。那傢伙很不會說謊，是個不習慣說謊的男人。我那時候已經很習慣說謊了，因為我覺得自己跟別人不一樣，讓我變得擅長說謊。但當他問我時，我點頭了，我想說出真心話。那傢伙很害怕，我也很害怕；我想要說出真心話，並且跟他分享。

因為我喜歡他。

「然後……我就……我、我就……」

發生的當下，我根本不知道那是怎麼一回事。那傢伙又用開玩笑似的語氣問我想不想跟他接吻。如果我笑出來，就會讓他覺得好像隨時都可以開我玩笑一樣。我點頭了。

那傢伙又笑了，問我想不想跟他做愛。我覺得有點可怕，有種自己好像往錯誤的方向前進的預感，但那傢伙一直盯著我看，我還是第一次被這樣看著。因為一般人在看別人的時候，通常不太會一直這樣盯著看。

我點頭了。我不知道我是不是真的想跟他做愛。我不是沒有想過跟他做愛，但那只是我很模糊的一個夢想而已，並不是具體幻想過那傢伙的雞雞要插進我的屁股之類的。我只是夢想過這種象徵兩人相愛的行為而已，現實中我認為是不可能發生的。突然出現一個意外的選項，讓我很困惑，也很害怕。但我還是想要答應他，我想要把這當作是他渴求我的行動。在那之後，我就有了疙瘩。我夢見跟一個不愛我的男人相愛了。

那天我們沒有做愛，也沒有接吻。

他問我：「你可以幫我舔嗎？」我點了點頭，這才明白他的意思。

「他叫我幫他口交……我就幫他了……在那之後，一切就走樣了……」

這種事我做不到，我也不想做。我不想幫他做這種事，也從來沒有想要主動去做。但是，那傢伙都表態得這麼明顯了，所以我就做了。那傢伙沒有先洗澡，所以還有尿味，噁心死了。但是在那噁心之中，我又有一點點的喜悅，大概吧。然後，那傢伙就笑了。

「我就被顏射……被拍了照……他還叫我笑一下……」

我就笑了。應該有笑吧？那傢伙露出雞雞，但不想拍到自己，所以把腳縮在床上。滿臉精液的我在床下，因為害怕精液流到眼睛裡所以一隻眼睛閉著，他叫我笑我就笑了。那傢伙用手機喀嚓喀嚓地拍了照，還笑著說我又沒有叫你眨眼。他笑的方式很普通，所以我也就普通地笑了出來。確實是有點好笑。如果不覺得好笑的話就只剩下可怕了，會覺得那到底是三小啊。

「他說下禮拜要來做愛，所以叫我做好準備……然後就做了……在那之後，我就一直被他上……也被拍了很多照片……還不只在寢室，廁所也有……在淋浴間被他淋尿什麼的也有……還有被他拿噴霧罐插入……被他掐脖子……被他拿火燒陰毛什麼的……哈哈哈。」

字面上太好笑，我自己也笑了出來。我看了看大山，他沒有笑。你笑啊。我哈哈哈地笑出聲來，那個聲音讓我的眼淚又滴答滴答地掉出來。不行，不能笑，這不是可以笑出來的事情吧。我趴在桌上，喉嚨顫抖著，哭得像個小孩。如果一開始就哭出來的話就好了。真的嗎？騙人。那時候我沒有哭。雖然想說這到底算什麼，但我放棄認真思考，跟平常一樣笑著、跟平常一樣念書、跟平常一樣在班上跟他開玩笑，他叫我去我就跑過去，他叫我做的事不管什麼我都做了。那傢伙笑了，我也笑了，兩人之間看起來和樂融融的樣子。精液、小便，有時還有血。那傢伙不喜歡有大便，所以每次我都會徹底做好事前準備。我討厭自己的消化系統讓我吃了飯就會排泄，心想既然如此乾脆不要吃飯好了，所以有一陣子我都不太吃飯，瘦了很多。回家的時候被說瘦了很多，家人擔心我的身體，我才又開始吃飯。我不想被別人知道。被知道的話大概就會想去死吧。明明很開心啊？明明很開心。我用笑容遮掩這一切。

當我終於明白自己受到什麼對待之後，簡直活不下去。

「我喜歡他的……我喜歡他……那傢伙……我喜歡他……」

那傢伙也是這麼說的。他不是每次做愛都很粗魯的，也有很普通、完全不痛的做愛，可能這種做愛占的比例還比較多。在只有我們兩人獨處的寢室裡做愛時，他會摸著我的臉，對我說喜歡我、好可愛，藤崎，你好可愛，我喜歡你。他的汗啪答啪答地滴在我臉上，一臉開心地說著，然後射了。這種時候，我就會覺得好幸福好幸福，像腦漿全都飛走一樣超幸福。那時候我想死，好想死，當下馬上就想死。我知道只有那個瞬間是幸福的。我喜歡他，好喜歡好喜歡好喜歡，除此之外的事情我都不想去想。

那傢伙到底想幹嘛呢？當時的我沒有認真思考過，也不想去思考那傢伙的腦子裡到底在想什麼。只要稍微碰觸到他的想法，就會讓我感到不安。他討厭我嗎？可能吧。他喜歡我嗎？可能吧。我其實對他無關緊要？可能吧。不論是哪一種答案，某種程度上都算正確解答，這就是致命的錯誤吧。我不可能理解他的想法，我只知道他並不在乎我，不論怎麼想，我都不覺得他是在乎我的。但那傢伙卻是我的一切，我被他支配，生活都以他為重心。他的一個視線、一個無意義的呼喚，我都樂於順從。那樣做他會開心嗎？算是吧，但他會開心到什麼程度呢？我不知道。我生活的一切，以及我的人格與世界觀，全都建立在那之上，把這一切都破壞殆盡，會給那傢伙的人生提供多少程度的樂趣呢？我是那傢伙的玩具，他把我當作物品對待。不，不對，不是物品，把我這種有感情與尊嚴的東西當作垃圾一樣來對待、來破壞，會讓他開心吧。如果是物品的話就不會痛苦了；而我的痛苦，就是那傢伙的樂趣。

那時候我還不理解這個道理。不論是學校還是宿舍都沒有能讓我安心的地方，我腦子裡滿滿的想法無處可逃。我說了越來越多的謊，對方也明顯在說謊，我的世界在這樣搖搖晃晃的狀態下持續運轉。過去被一個男人這樣粗暴對待，讓我感到被在乎又安心，我甚至覺得將來也會如此繼續被粗暴對待，這一切安於現狀的想法，在某瞬間被粉碎了。我對這個世界、對其他人，甚至對自己都失去信任了。即使如此，我也不覺得自己是不幸的，或是自己受到了很糟的對待，更不用說有想逃的想法。

「因為我喜歡他……」

跟那傢伙在一起，讓我變得破爛、脆弱，無法相信任何事情。只有他是真實的存在，偶爾對我說喜歡我，藉此跟我連結在一起。只有他跟我連結在一起，不只是我的表面，也包括我的內在，那個沒有任何人看過的部分。即使那傢伙把那些翻出來、嘲笑它、撕爛它，讓我變得破破爛爛，但也的確只有他，接觸到我的內心深處。

淫魔、雞雞狂、變態、飛機杯、垃圾桶、廁所。

他不溫柔的時候，會用各式各樣的稱呼叫我，好像在測試哪一種稱呼最能傷害我。每一種都會令我受傷，因為那些都是他為了傷害我而丟的石頭，跟石頭本身是什麼形狀無關。但被他叫了幾次之後，我就習慣了，畢竟不管哪一種稱呼都沒錯。

我是他的東西，雖然被他弄得傷痕累累，但我還是他的所有物。我只能是他的東西，無法成為其他。我仔仔細細地把希望全部抹滅之後迎來了絕望，卻讓我感到平靜又安穩。在他面前，不必說著從我懂事以來就一直在說的謊，在他面前我也不用逞強。身為一個被踐踏的脆弱東西，我可以無所隱瞞，只要躺在那裡就好，也不用對未來抱持不可能實現的希望。

「因為……我喜歡他……」

我有點想吐，頭也好痛。但，那就是我的戀愛，即使我知道那不可能是戀愛，那仍然是我至今，唯一的戀愛。精液、嘔吐、痛苦、屈辱、不安、支配、依存，在一團混亂之中夾雜著破碎的美麗事物，偶爾還會閃閃發亮。那是只有在痛苦中才會有的光輝，令人想死的美麗事物，那是我唯一擁有的燦爛寶物。我只有這一個美麗的事物，不能放手。我不知道這就是痛苦本身，還是在痛苦之中混雜著美麗，我分不出來。

我突然感到一股寒意，便站了起來，說：「我去廁所。」

「蛤？」

我用一種自己也無法理解的平穩步伐快步走進廁所，就抱著馬桶全部吐了出來。嘴裡有噁心的味道，雙腿有些失去知覺，背上還流著冷汗。馬桶冰冰涼涼的，抱起來很舒服。或許我只有在這種地方才能感到安心吧。

「藤崎先生！」

是大山的聲音。我感覺到有一隻溫暖的大手放在我的背上。這算什麼啦，你幹嘛啦，不要過來啦。我又哭了，沾滿嘔吐物的口中不小心露出了抽泣聲。我的背被撫摸著。我不知道這是什麼意思。我該怎麼做才好？我完全不知道該怎麼辦，只能哭爛透了。

這是哪裡？我睜開了眼睛。這是哪？是一間陌生的房間，陌生的床，一張單人床。大約四坪大的房間裡，擺著電腦桌、小餐桌跟還有很多空位的書架，地上有一個大啞鈴，牆壁上掛著休閒風格的大衣跟西裝外套，收納櫃上掛著襯衫。是一個年輕男生的房間。東西雖然很少，但還不算是極簡風格，看起來有著剛剛好的生活感。我沒印象來過這種房間。

「還好嗎？要喝水嗎？」

是你啊。

大概是剛洗過澡吧，大山一邊擦著濕濕的頭髮一邊走出來……身上穿著薄薄的長袖棉T。不，我在期待什麼？然後我發現我也被穿上薄長袖棉T，外面還套著厚厚的連帽外套。這些衣服的尺寸大概比我平時穿的大了兩號，再加上身上蓋著蓬鬆柔軟的棉被，我整個人像是被埋在布堆裡。明明只是個棉T，卻比我自己的衣服還好聞，穿起來更舒服。你這傢伙的生活還真是井井有條啊……

「這是你家嗎？」

話才剛說出口我就感到一陣噁心，馬上跟大山說「給我水」，他便趕緊從冰箱裡幫我拿水出來。我聽到塑膠袋發出窸窸窣窣聲，大概是剛才在超商買的吧，為了我買的。

大山正準備要把水遞給我的時候，又突然縮手，幫我把瓶蓋轉開之後才又遞給我。

「可以起來嗎？」

「嗯。」

雖然內臟裡好像有多餘的東西讓我感覺不太舒服，身體倒是可以正常活動。我擦了擦眼屎，喝了半瓶水。

「要回家了。」

「不行吧？」

幾點了？房間裡沒有時鐘所以不知道現在的時間。我看了看放在枕頭邊的手機，發現已經過了一點了。

「不，我要回家。這是哪裡？」

「呃。」

大山雖然感到困惑，但還是告訴了我最近的車站名稱。

「沒事沒事，我可以走回家。」

「咦，原來你住在附近嗎？」

我本來有一瞬間想要對他說謊，但還是決定誠實地告訴他離我家最近的車站。

「不行啦走不到啦，要花好幾個小時啊！」

「好啦騙你的啦，我叫計程車。」

「咦?!不行！」

「啊？」

「不行！請你留在這裡！」

請你留在這裡。

不知為何，這句話刺進了其他話語都到達不了的地方。我剛休息完、才剛重新充好電的體力瞬間消失殆盡，然後蓋上了寶特瓶瓶蓋。請你留在這裡。為什麼？

「要做嗎？」

「請你不要說這種傻話！」

那音量大到讓我嚇了一跳。大山也慌了，急忙從我手中把寶特瓶拿走，放在餐桌上。

「啊、對不起……但是，我不會做的。絕對，不會做的。」

「為什麼啊？」

不會做的，不可能做的吧，這我明白。大山在這種狀況下，絕對不會跟我上床的，我知道。我真的知道嗎？不知道。為什麼不做？因為不喜歡被我吐到嗎？這也無可厚非啦，要是我的話就不會做。但我知道他不是因為這種理由。但是，我不懂。為什麼？不理解。但我總覺得我好像知道。我不想知道，我又想知道。腦中一團混亂。

當我腦子還在一團混亂時，我看了看大山，發現他在哭。

蛤？

「我……我……我喜歡藤崎先生。」

「蛤？」

「我……該怎麼辦才好……？」

誰知道。

除此之外還有什麼其他的嗎？我沒有什麼希望你為我做的事情喔。應該怎麼說呢……我不覺得能對他人抱有這種期待。現在你所在意的事物，在你視線稍微飄走的期間就會消失不見。任何人只要稍微把視線從眼前的事物上移開，原本在那裡的事物就會完全消失。高中的時候，我常聽到很多人來問我「沒事吧」。除了「沒事」以外我還能說什麼？所以我就沒事了。雖然不可能回到沒事的狀態了，但我還是沒事地過了十年。儘管如此，看不見的地方是「沒事」的，只能這樣若無其事地繼續活下去。

是這樣嗎？真的嗎？

我不知道。不知道的事物我就一直當作沒看見。壞掉的東西無法復原，我壞掉了，但即使壞掉還是「沒事」的，可以活下去的。像平常一樣地笑、一樣吃飯、一樣工作、一樣偶爾幫助別人、跟男人上床，完全、完全沒有問題。所以你問我該怎麼辦才好，我真的不知道。那又不是我的問題。

而且，你也一定會把視線移開。

我都知道。回答了「我沒事」之後，就不會再有人一直關心我了。我用「沒事的」這一句單薄的話語掩蓋無法隱藏的傷痕，大家也就這樣接受了。當我回到房間，那傢伙會把我的傷口弄得更大更爛，我也變得更破碎。沒有把視線移開的人只有那傢伙而已。這對我來說，是一種羈絆、一種連結，因為沒有其他人了。所以、所以、所以……只有這個能讓我相信，只有這個能讓我感到安心。

「我喜歡藤崎先生……」大山還在哭。

真傷腦筋。雖然我一邊心想一個大男人哭什麼啦，但他哇哇大哭的臉太可愛了，讓我無法忽視。我很自然地抱住了大山，然後，就好像閘門被放下一樣，大山也整個人靠掛在我身上，緊緊地抱住我。你是賽馬嗎。根據我以前學到的經驗，會反射性地為了接下來要上床而放鬆身體，但大山只是抱著我一直哭。我躺了下來，輕輕拍著大山的背。

「我……我喜歡……我喜歡你……」

「唉。」

「所以我也想要幫藤崎先生做點什麼啊。」

「唉。」

那你要不要把雞雞借給我？

這也是根據之前學到的經驗做出的反射性思考。但是，我覺得自己已經不想再跟大山做愛了。並不是有這種感覺，而是我不想再跟他上床了。要是當初沒有上床就好了，一開始什麼都沒做的話就好了。

真的嗎？

「我……我……完全、沒有發現，藤崎先生這、這麼痛苦……」

「啊。」

「我都不知道……該怎麼做才好呢……我想在你身邊……幫你做點什麼……」

「唉。」

「不要一直嘆氣嘛……」

「唉。」

「你就只會唉嗎？」大山破涕而笑。

我猶豫了一下，還是用過長的棉T袖子幫大山擦掉臉上的眼淚，大山也乖乖地讓我幫他擦淚。我想到我好像從來沒有對任何人做過這種事，就覺得，怎麼說呢，老實說有點害羞。我是笨蛋嗎？

「……藤崎先生？」

「怎麼了？」

「請你，跟我認真交往……我想要成為你的力量。」

「為什麼？」

「因為我喜歡你。」

「我說啊。」

「是。」

「或許我說的話很陳腔濫調。」

「是。」

「但你會遇到更好的人的。」

「不會。」

「你認真？」

「我是認真的，我只要藤崎先生。」

是因為我很會吹嗎？這次不是根據經驗的反射性想法，而是為了逃離眼前這個情境所想到的退路。

我閉上了眼睛，對他說：「……會有更好的人的，真的。」

要多少有多少。你現在出門遇到的第一個女性、啊不，就算是男的也可以，所有人都比我好吧，我這種人耶。不，就算我重新思考一遍還是覺得，怎麼會選我呢？怎麼偏偏會選我呢？

我感覺到大山在笑了。

「但是，可能……對藤崎先生來說，我是最好的人吧。」

蛤？

「我是最喜歡藤崎先生的人，而且我也是最會聽藤崎先生說話的人。」

我不懂你到底是傲慢還是自卑耶。我的眼皮跟鼻翼抖動著。

大山看到了之後就噗哧笑了出來，對我說：「我喜歡你……晚安。」

他拍了拍我的背，然後起身去關燈。他把巨大的身軀塞進狹小的床鋪空隙，接著蓋上棉被，嘴唇貼在我的額頭上。這不是對我做的動作，而是對同枕共眠很久的對象才會有的自然動作。搞不好在我睡覺的時候，大山已經這樣做過好多次了吧，這種無法傳達給我的、對我示愛的動作。世上會有這種事嗎？對我這樣的人耶？

大山體溫很高，我也穿得很厚，棉被又是很好的材質，所以棉被裡頭非常溫暖。大山的呼吸漸漸地進入熟睡的節奏，可能是因為晚上我鬧事搞得他很累吧。大山的房間，大山的棉被，大山的臂彎，而我在這其中，在這個溫暖、氣味好聞又安全的地方。這個對我說喜歡我、會聽我說話的男人，這個溫柔、誠實，但又充滿熱情、會聽我說話的男人，可能從小就生活在充滿愛的環境、成長過程中從來沒有被踐踏過。

他為我做好了一切準備，但我卻睡不著，像隻警戒中的動物一樣，一直豎起耳朵聽著四周的聲響。除了我跟大山的呼吸與心跳，我什麼都聽不到。

這就是幸福嗎？

我是這麼想的，畢竟一切的條件都滿足了。

但是，不對。

雖然已經滿足了所有幸福的條件，但還是不對。即使已經滿足所有條件，但我的存在，是不對的。這不是我的幸福。

大山熟睡著。我在黑暗中輕輕地用手放在他微微抖動的高挺鼻子前，溫暖的氣息呼到我手上，這是大山活著的證據。如果我就這樣蓋住他的口鼻，這傢伙就會死掉。就算不把他弄死，當他醒來時發現無法呼吸，也會嚇一大跳吧。只要這麼做，就能讓他很難再像現在這樣跟別人同床共枕了。害人就是這麼簡單，而這麼簡單的一件事，就能改變一個人從此之後的行動。

大山睡著時的呼吸很溫暖、很規律、很令人安心。真健康啊。如果我不打斷他的呼吸，只是一直聽著他的呼吸聲的話，我的睡眠也會變得跟他同樣安穩嗎？我嚇了一跳。內心某個頑固的部分開始融化，讓我開始思考至今從未思考過的問題。或許我跟這傢伙在一起，真的可以得到療癒吧。跟知道我弱點的對象在一起，感受溫柔與愛意。被弄壞的東西，只能靠這樣修復吧，那在我心中的傷痕，已經壞掉的部分。我又再次感覺到眼中湧出淚水。

大山。

我用指尖確認這個熟睡男人的輪廓。日曬或睡眠不足都沒有在他臉上留下痕跡，吃下去的食物跟睡眠都確實地變成養分，是健康又年輕的肌膚。我的手指在夜裡冷得發麻。如此美好的大山，是我不能觸碰的。我知道，從一開始就知道。我也知道會後悔，而我現在就在後悔。

即使如此，我還是想摸摸看。

我靜悄悄地從他溫柔的臂彎中離開。好冷。在寒冷中我脫下連帽外套跟長袖棉T。這些衣服對我來說都太大了。我穿上符合我尺寸的襯衫跟西裝外套，繫上皮帶，戴上領帶。這才是我，由我做出來的我。即使不是我想成為的我，至少是我熟知的我。我把手機放進口袋，拿起皮包。

「唔……」

我聽見他平穩的夢囈，還有翻身的聲音。大山。我本來想要看看他的表情，最終還是頭也不回，離開了他的房間。

我本來想要走去叫計程車，卻連把經過的計程車攔下的力氣都沒有，就這樣走著。

在深夜一個人走著，大概走一個多小時就會到我家了。一小時，好遠。因為穿著皮鞋，所以腳後跟好痛，但繼續走下去就會到吧。時間會過去的，沒錯，會過去的。我打了呵欠。好睏。

為什麼我無法待在那個房間裡呢？

我這樣想著。就那樣繼續睡下去就好了啊，為什麼要跑出來呢？

我也不知道。要找理由的話隨便都可以找到幾百個，比方說，因為我還是想跟很多男人隨便上床，因為如果為了交往而交往的話大山應該會不開心，因為我配不上大山，因為辦公室戀情很麻煩。即使是隨便掰的理由，每一個都算有道理。但是明明有更多更多不跟大山做愛的理由，我卻還是跟他做了，因為我想做，我就是無法用理性判斷事情。那，我為什麼會跑出來呢？

因為我沒有愛上大山。

我是笨蛋嗎？這是最笨的理由啊！但因為我是笨蛋，所以這是最貼切的理由。我無法愛上大山。愛？什麼是愛？

我哭了。我的淚腺好像壞掉了，只要我心中鬆動的扳機稍微晃動，眼淚就會跑出來。

我曾經喜歡那傢伙，那是戀愛。如果那是戀愛，我沒辦法再愛一次。是這樣嗎？

那難道不是絕望嗎？

沒錯。但是，有時候絕望比懷抱希望更好。我又在哭，因為想起了很多回憶，初戀的回憶，儘管都是些屁股被插入噴霧罐之類的回憶。那真的好可怕。他叫我自己來，結果他卻動手把罐子拔出去。不要拔啦。那傢伙，真的是個大爛人。接下來的兩三天，他對待我的方式跟平常不太一樣，我想說他是不是在擔心我，又無法把擔心說出口，但當下次做愛時如果我沒事，他就會又回到之前的樣子。但是，我那時候以為他的擔心就是愛。那時候的我還不知道，那傢伙在擔心的是會不會對人體造成傷害，而不是我的人格。他才不在乎我會怎樣。

上大學之後我也會交到女朋友吧。

想到這件事，我嘆了一口氣。

我用非常普通的語氣對那傢伙說了這樣的話。那陣子大家都在忙著考大學，也沒時間上床，所以我跟他就在其他朋友面前像普通朋友一樣聊天，我在很放鬆的狀態下說了：「上大學之後我也會交到女朋友吧。」

我搞不清楚自己在說什麼，但我還是瞬間沉默了下來，然後又笑著說哎唷交不到吧。那傢伙很開心地笑了。

我想殺了他。

我第一次有這樣的念頭。但我殺不了，我什麼都做不了，只能笑。就這樣笑著，然後我跟他都考上了大學，不知不覺間他就把他的行李都打包好了，我也離開了宿舍，也不記得我們之間的最後一句話說了什麼，就這樣分手了。算是分手嗎？先不論這個詞彙的定義，從事實上來看我們也再也沒有見面，當然也沒有上床了。

我很傷心。

我承認，我很傷心，那件事讓我非常受傷。我是笨蛋嗎？是啊我是笨蛋。但是，我知道自己到底有多笨嗎？我覺得自己被那傢伙拋棄了。不是被強姦，而是被拋棄，這才是最讓我受傷的。我也知道這不正確。或許……或許因為被拋棄，我跟那傢伙一起度過的時光、我跟那傢伙的關係才能被賦予真正的名義。如果沒有結束，我就會以為這是愛，這是風格迥異、有點過激的愛，我就會依存在這樣的希望上。我知道這是不對的，我知道，不可能會有這樣的愛。但是，搞不好會有啊。那時我什麼都不懂。支配、加害欲什麼的，在普通的戀愛裡也是多少都會有的吧。這些成分的含量要超過多少，才不算是愛呢？

那傢伙現在在做什麼呢？我沒有去同學會，也沒有跟當時的任何一個同學保持聯絡，所以我不知道。他交女朋友了嗎？應該有吧。他對女朋友一定很溫柔。他是個對任何人都很溫柔的傢伙，除了我以外，我並不包含在「任何人」之中。他應該已經忘記我了吧，包括對我做過什麼事，就只是這樣過去了，像什麼都沒發生一樣。

那我也可以忘記，是嗎？沒錯，也只能這麼做。

我知道的，我一直都知道。每次跟不認識的男人上床的時候，工作上受到稱讚的時候，我都會想到——已經可以忘記了。就算忘不掉，只要當作已經是過去的事情就好了。雖然說人生中的那三年算是大錯特錯，但之後的人生還一直被那件事捆綁住的話就真的太愚蠢了，因為對方都已經忘記了。現在的他可能已經跟一個可愛的女人結婚、抱著可愛的小孩，看著電視上播的人氣BL連續劇；一開始可能只是抱著看好戲的心情去看，但卻漸漸沉浸其中，也會為了小孩跟朋友之間的吵架而生氣之類的。他是個對任何人都很善良又愛運動的模範生。這不是虛假的人生，這就是那傢伙的人生。他對我做過的事，沒有被寫進他的人生故事裡，就跟看過A片、殺過房裡的蜘蛛一樣，是同等級的無關緊要。既然如此，你也讓這件事結束吧，只有結束才能繼續前進。

我做不到。

眼淚還在流，我繼續走著。這裡是哪裡？我不知道，但我仍繼續走著，只要繼續走總會抵達某個地方。我沒有想去什麼地方，只想走路，只想繼續走路，走動的時候就不用去思考任何事情。

我無法結束，也不想結束。我不想結束啊。我知道終點後面什麼都沒有，但如果我讓這一切結束，就真的什麼都沒了。那傢伙跟我之間沒有建立起任何事物，只有破壞。我很受傷，很痛苦，但只有我自己知道。如果連我都往下一步邁進的話，這一切的一切，都將化為烏有。明明有過，而且很痛、很苦，只有我知道。明明這些都真的有過。繼續往前進並不代表原諒，但如果前進的話，其實就跟原諒了是一樣意思。我想要永遠在痛苦之中，我無法把這一切抹滅，我也不想。

我是笨蛋嗎？

這種事還會重複好幾次吧。我獨自一人把所有向我伸出的手都推開，一直沉浸在久遠之前的痛苦當中。懷抱著痛苦蹲在原地，就會忘了該怎麼前進。明明這是最壞的狀況，但我又會害怕去到其他地方。我習慣、適應了最壞的狀況，堅持要帶著他人生中短暫的失敗活下去。這很愚蠢，但我不知道不愚蠢的人生是什麼樣子。

我想起那傢伙，就像撕掉結痂、確認疼痛那樣，我想起他的臉。我已經很久沒看到他的臉了，不確定正確的樣貌是什麼樣子。他長得像大山。像嗎？或許我只是把他的臉跟大山的臉重疊了。到底是長怎樣的臉呢？為什麼我會喜歡那傢伙呢？

他是曾經跟我很親近的男人。他跟我說不知道宿舍的床單該怎麼鋪，我教他之後他就開心地笑了。我聞到他身上的汗味。大概只是因為這樣。要喜歡上一個人，這樣就夠了。想要戀愛的我、只有我們兩人獨處的房間、他的笑容，少了任何一個要素都不行，這些要素集合起來，完成了一幅畫，我取名為戀愛。

「藤崎什麼都會耶。」

我教他功課之後，他就這麼對我說。雖然他在笑，卻沒有開心的感覺。我很害怕。我想讓他開心，但我不知道怎麼做。

「你真的很噁心。」

當我舔著沾到地上的精液時，他踩在我的背上這麼對我說，看起來很開心的樣子。

我對疼痛已經完全麻木了，所以只要他開心我就開心。或許是因為這麼做我才感覺不到痛。

他的家庭環境好像並不富裕。我並不是直接得知的，而是從他身上用的東西，還有身邊其他人的反應隱約察覺出來的。但因為能進那所學校的學生家裡全都很有錢，我家的條件也還算小康，所以我猜想他大概有什麼我不知道的背景吧。但我真的不知道，或許真的也沒什麼背景，畢竟我從沒聽他說過。我在他心中的價值還沒到可以讓他跟我分享痛苦或重要事情的程度。痛苦不是拿來分享的，是拿來痛毆、拿來踐踏的，但我無法分辨其中的差異。他用性愛跟我連結、帶給我痛苦，我們之間有祕密的聯繫，但老實說，我分辨不出來。理性可以描述事物並加以分類，但在感性中就只是一團混亂，我不知道哪個才是正確解答。事物都有許多面向，那傢伙應該也是如此吧，我是這麼想的。

皮鞋鞋底硬得讓我腳後跟很痛，或許我不擅長走路。

那時候我穿的是運動鞋。那個時候，我已經忘了。不，我沒有忘，只是沒有想起來。那個、那個，叫什麼來著？對啦，宿營。平常就已經都住宿了，暑假的時候還要去山上的渡假村之類的地方宿營，內容就是一般的上課跟分組活動，有溫泉可以泡，晚餐還有烤肉大會。晚上睡在大通鋪裡，他叫我出去我就會溜出去。溜出去很簡單。就算房間附近有人巡察，走到外面之後就沒有了，就連超商都至少有十分鐘車程。我們很少在外面做愛，所以我很怕會被人發現。

「這裡好像有什麼東西？」

我們兩人溜出走廊，在戶外走著。這個渡假村的占地大得不像話，為數不多的照明讓這裡看起來跟白天的感覺完全不一樣。他好像對什麼很感興趣似地快步走著，我也跟在他後頭。藍黑色的天空中布滿閃著冷光的星星，在這片星空之下，烤肉區的對面有一塊昏暗的綠地，我們走進那裡。

「這裡沒人。」那傢伙這麼說。

這裡非常安靜。我聞到他的汗味，還有草跟泥土的味道。只聽得見林木搖晃的聲音，跟飛蟲振翅的羽音。我跟他以外，這裡沒有任何人。

大概是因為好奇心驅使吧，比起習慣的飛機杯遊戲，此刻的他更熱衷於探險。他默默地拉著我的手走了進去。四周很昏暗，連腳邊也看不太清楚，雖然有鋪設步道，但還是會被樹根、石頭或些微的地形起伏給絆住。走著走著，我們兩個都只專注在走路這件事情上了。他的步伐比我大，體溫也比我高。我們兩人的手都溼透了，但還是牽在一起。這是怎麼一回事？溫暖的夜晚，柔軟又凹凸不平的地面，運動鞋，運動服，那傢伙和我。夜晚的溫度就像我們兩人之間的親密感。他的手掌很柔軟，緊緊地握著我的手。

在青黃不接的事後，一段沒有意義的時光。只要說一句話，就會產生意義，就會破壞這段時間。就是這樣的一段日子。我對他而言沒有任何意義，就只是一隻動物跟另一隻動物在一起的親密感。在那個瞬間，我對他來說什麼都不是，就只是在他身旁，他所熟悉的一具肉體而已。

而我想要一直這樣下去。

每踏出一步，我就這樣祈禱一次，但我也無法因此放慢腳步，因為如果不小心透露出我的意圖，這段時光就會消失不見。我知道只能珍惜這個瞬間，往後只會有跟之前一樣的時間在等著我而已。

但是，現在，我很幸福。

那是一段甚至讓我光是在腦中想起都覺得可怕的時光。實際體感的時間，就像夜幕完全低垂那樣長，也像一瞬間就會消失那樣短。不知道走了多久，我們眼前出現了圍欄。那是一道比我還矮、感覺稍微搖一搖就會被弄壞的圍欄，但它還是表示著某種明確的界線，不論是我還是那傢伙，都不想跨越它，也不會弄壞它。

「回去吧？」

他這麼說著，不等我回答就拉著我往回走。我不想回去，但我還是跟著他走。當我們看見建築物，就若無其事地放開了彼此的手，回到房間，什麼事也沒做，就這樣在各自的床位睡著了，好像兩個天真的朋友一起經歷了一場小小的冒險。要是真是如此就好了。那時的我隱約察覺到，這已經不是戀愛了，或者更應該說，我無法視而不見。我渴望的不是做愛時那些故作溫柔的動作，而是一起散步。結果，在那之後我就再也沒有過這樣的經歷了。

那時候如果可以說出「我不想再這樣了」是不是會比較好呢？雖然當下我就是說不出口，但應該要講的吧？是因為時間已經無法倒轉我才會這樣想的吧，一定是這樣的。二十八歲的我，想起愚蠢的兩個高中生，雖然感覺心酸又鬱悶，但還是不得不承認，沒錯，要是有講出來就好了。就是這個，只要我想逃就能逃。那已經是集合所有最壞的條件產生的最壞的狀況了，只要任何一個環節稍微有點不同，就不會發生那種事了。我那時真的以為無處可逃。他讓我以為我很軟弱，我實際上也以為我很軟弱，但我並沒有，而且那傢伙也不像我所以為的那麼強大或無情，他其實也很害怕。我們就只是兩個小孩子在玩遊戲而已。

每走一步，就是一個結束。那個不讓任何人碰觸、我自己也假裝視而不見的事物逐漸膨脹，我把它分類並且整理成正確的大小之後，再讓它遠去。不論我多麼執著於疼痛，傷口總會痊癒。好無聊，我竟然執著於這種無聊的事情。

但那就是全部了，那就是我的戀情。

就算重新審視一遍也不會改變事實，就是很無聊，那傢伙也很無聊，對我來說卻很重要。但對現在的我不重要了，就只是這樣而已。過了十年，睡了上百個男人，留在手邊的就只有這個。我抓著它繼續走。要走去哪裡？我不知道，但是我不會繼續留在一樣的地方了，只要向前走，就能到達某處，只要活著，就不會停在一樣的地方。不論有多麼執著，在我心中都一點、一點地在結束。我已經不能再像之前那樣活著了。

怎麼活都可以。

當我發現這件事情時，差點停下腳步。怎麼活都可以。我，是自由的，我終於讓自己自由了。我的執著無法抓住二十八歲的我。

我停下腳步。我可以去任何地方，那麼，我要去哪裡？我想去的地方。不是這個覺得只能這麼做不可的我，而是另外一個，我想成為的我。

我——

「藤崎先生！」

我一邊心想騙人的吧，一邊回過頭。在沒有人車的深夜街道上，有個男人跑過來。是大山。

他穿著棉T跟運動鞋，跑得上氣不接下氣，加快速度跑向我。短髮上的汗珠閃閃發亮，棉T因為腋下流汗而變了色。他跑到離我伸手可及的距離後終於停下腳步，汗水彈到我臉上。好燙。我擦了擦臉頰，他的汗水跟我臉上乾掉的淚痕混雜在一起，肌膚感到有點刺痛。

「你、沒事吧……」

他一邊喘著大氣一邊對我說。我才要問你沒事嗎。

「不用跑來吧……明明有手機啊。」

即使事到如今講這些也沒用，但我還是吐槽了一下。大山舉起袖子擦汗，自言自語地說著：「手機啊。」這傢伙是忘記了吧。

我故意對他說：「你是看到我的臉才想起來有手機的吧。」

「不是，用手機的話就沒意義了……是因為藤崎先生一個人在外面，我很擔心嘛。」

擔心。

我沉默了。大山看著沉默的我，彷彿是想親眼確認我是不是真的沒事。他的呼吸還沒調整回來，頭髮、額頭跟脖子全都是汗，穿著運動鞋的雙腳沒穿襪子。夜晚的街道上只有我跟他。

你來了啊。

我笑了。大山的眼神似乎因為安心而放鬆了下來。多雲的夜空是灰色的，街道也是灰色的，穿著襯衫的我跟穿著棉T的大山也是灰色的。一切都沉入深深的寂靜之中，只有大山的呼吸聲聽起來很吵。我聽著他的每一個呼吸，像是在撿拾珍貴的寶物似地。珍貴的寶物。

啊，沒錯，就是這樣。

我笑著投降，是我輸了。笑著笑著眼淚又在眼眶打轉。不知道是不是身上的汗水讓大山感到寒冷，他打了個噴嚏，很大聲的噴嚏，很像直男的噴嚏。大山，這個直男、公司後輩，有點笨、跟我不合，而且還跟那傢伙很像。對了，跟那傢伙很像，大概是因為這樣讓我覺得很可怕。不論他說有多喜歡我，我都完全無法想像跟他的未來是什麼樣子。

現在也是這樣。今後難以預料，我無法全然地相信未來，因為會發生我無法想像的恐怖事情。與其說我擔心未來，應該說我就是知道會發生這種事，我不可能不知道。

「藤崎先生？」

我對著喊我的大山笑了。大山用沾滿汗水的臉回應我一個笑容。他看著我笑了。

這樣就夠了。我忍不住這麼想。一切都已經夠了，是我輸了。

「大山。」

「是。」

你出現在我面前。你擔心我，跑來找我。

所以，我很幸福。此刻，這個瞬間，我很幸福。不管過去還是未來，全部都無所謂了，現在，我很幸福。這個夜晚、這個地方，全部加總起來，讓這個灰色的夜晚成為一幅最耀眼的畫，比能讓我忘記曾夢見什麼的美夢更加耀眼。只要有這麼一瞬間，就已經足夠了。這不是放棄，而是喜悅。此刻，我被這個瞬間壓倒在地，變得無所畏懼。

所以我要拿出勇氣。至今從未拿出過的勇氣，就是為了這一刻。

為了帶給我這個瞬間的你。

「我喜歡你。」

大山驚訝地睜大了一直注視著我的雙眼，嘴巴也張得大大的，露出潔白閃亮的牙齒，沒有說出半句話。等了一會兒，他抱住了我。濕透的棉T沒有混雜精液的味道，而是強烈的汗味，那是為了我流的汗。他把我抱得好緊好緊，然後稍微放鬆了力道，輕撫我的背。

「我也喜歡你。」

「嗯。」

我知道，我相信，這是可以相信的，現在你喜歡我這件事。

我不曾想過這種事會發生在我身上，這種事只會發生在比我更好的人身上，所以我放棄了。但我其實一直都還是有這樣的夢想，我以為很久以前就被抹滅的夢想，是你實現了它。

愛著某個人，被某人愛著。

此刻這個瞬間，發生了不可思議的偶然與奇蹟，在你懷中，我的夢想實現了。

（〈重疊愛戀〉故事完）

愛戀之後

「可喜可賀可喜可賀」

這個人，應該是 gay 吧？

第一次跟藤崎先生見面的時候，我就這麼覺得。與其說是見面，倒不如說只是看到他。那時我剛結束進公司後的外部研習，全體新進員工要一一拜訪各個部門，就在那時，我看到代表會計部來致意的藤崎先生。

他的五官出奇標緻，清瘦的身材穿著合身的西裝，搭了一條滿時尚的領帶，頭髮也梳得整整齊齊。俐落的穿搭更彰顯他甜美溫柔的五官，時髦得像個模特兒還是演員似的。雖然說我們公司算得上是個優良企業，但他的光環跟這家一點都不華麗的公司，實在很不搭。他的肌膚滑嫩有光澤，牙齒潔白，全身上下簡直堪稱完美。只有眼睛下方的黑眼圈比較深，但與其說那是缺點，看起來反倒像是為了強調某處而刻意化出來的妝容。但那個某處，究竟是什麼呢？我不知道，反正跟我無關吧。

該怎麼形容這個人呢？明明對他一無所知，我卻總忍不住去想。他可能有冷淡、嚴厲或是憤怒的表情，但或許，可能，也會露出超色的表情吧。怎樣算是色色的表情呢？我還沒辦法具體想像。

或許是為了緩和在場充滿疑惑和緊張的氣氛，他對我們嘿嘿一笑，露出有點輕鬆的表情。我對他的印象就此徹底瓦解，覺得他看起來超溫柔的。

「啊……大家好，我是會計部的藤崎。如果有什麼不懂的地方，或是覺得好像遇到什麼麻煩的話，就來偷偷告訴我吧，大叔我人很好的喔。」

他親切的問候，讓我們這群同期的新進員工都放心地笑了出來。他說自己是大叔，那到底是幾歲呢？從他的外表看不出年紀，就算他跟我同期也不意外；但如果說他年過三十，看起來也滿像的。我之前從沒有遇過像他這種外表的人。

這個人，是 gay 嗎？

我這麼想著，對於自己有這種想法也嚇了一跳。欸不是，為什麼我會這樣覺得？雖然我有一些 gay 的朋友，但他完全不像他們之中的任何一人，甚至不像我至今認識的所有朋友中的任何一人。因為長得很標緻，所以就看起來像 gay？這不合理吧。我到底在想什麼啊？

藤崎先生跟我們打完招呼之後，簡單介紹了會計部的業務內容，接著我們就朝下一個部門前進。

「那個人……好帥喔！」

旁邊的女生這麼說，我「蛤」了一聲。

「帥嗎？」

「嗯，很帥啊。」

很帥。不對，硬要說的話，我可能也會說他帥，但我卻很難把這個詞跟他連結在一起。為什麼呢？明明是個外貌很優秀的同性，我卻覺得「帥」這個詞不太適合他。

一旁的女生繼續說：「像他那種類型的人，在同性之間應該不太受歡迎吧？」

我不這麼認為喔。

本來我想要這樣接話，後來放棄了，畢竟大家還在走動，而且那些女生都已經做出結論，我也就沒什麼好說的了。藤崎先生，不知道他的全名是什麼？

是個漂亮又奇特的人。

正式進公司之後，我被分配到營業部。這跟我當初面試錄取時的期望一樣，所以原本以為可能沒什麼機會跟藤崎晶先生交流，其實不然。藤崎先生完全沒有架子，他會留心觀察新進員工的一舉一動；當我們遇到什麼困難，便會快速來到我們身邊，露出那個輕鬆的笑容來幫忙解決，或是告訴我們該去找誰商量才好，甚至還會幫忙隱瞞一些小失誤。因為這樣，在我們同期之間，不分男女，大家都很快就喜歡上了藤崎先生。

我身旁的女生一邊吃著午飯一邊說：「我有點難以想像藤崎先生私底下的樣子耶。」另一旁的男生說：「上次我問他休假的時候都做些什麼，結果他跟我說：『做一些不可告人的事呀。』」

大家聽完這個小故事都笑出聲來，但我沒有笑。不可告人的事，那會是什麼？大概只有我會這麼認真思考吧？我猜藤崎先生應該也不希望有人這麼認真思考這句話。

大家都好喜歡藤崎先生，他又帥、又溫柔、又幽默，工作能力又好，細心又體貼。

儘管如此，他的確是個難以捉摸的人。他對任何人，不論是對上還是對下，真的是對任何人，都能在點頭之交的範圍內用最親近的方式對話，但公司裡卻沒有任何人跟他有點頭之交以上的交情。他跟任何人都很好，卻沒有人真的跟他交情很好。大家都對他有好感，想要跟他變得更熟，但他散發出來的氣場卻讓大家不敢跟他更親近。他彷彿平時住在另一個世界，只是偶然在這個場合跟大家產生交集。在另一個世界裡，他應該跟某些人有超越點頭之交的親密關係吧？我想像不出來。

為什麼我會去想像這些事？

我真的不懂。難道我想跟藤崎先生變得更熟嗎？跟那種……該怎麼說呢，有點奇特的人？跟他變熟的話，會是什麼感覺呢？我沒有跟他聊過天，也不知道他平時都喜歡吃些什麼。放假的時候，應該會跟什麼人一起出去吃飯吧，他會穿怎樣的衣服呢？雖然他很適合穿西裝，但感覺他平時的穿搭應該也滿時尚的，雖然不知道會穿哪一種。這時我又想到——

藤崎先生，應該是 gay 吧？

不知為何，我再度冒出第一次見到他時的想法，自己也嚇了一跳。到底為什麼？我感到心煩意亂，臉也有點熱了起來。就因為他長得標緻、又有點奇特、又猜不到私生活是什麼樣子，我就覺得他是 gay 嗎？我到底在幹嘛？我彷彿看見了自己令人討厭的那部分而感到內疚。

我很少對他人感到過意不去。如果有的話，只要趕快賠罪就好了，但我不打算對藤

重疊愛戀
© 2023重疊愛戀
古池ねじ—著｜ALOKI—繪
春光出版 NOT FOR SALE

崎先生這麼做。畢竟如果有人突然對我說「我覺得你可能是gay」，我也會覺得很困擾吧。所以我就把這股愧疚和尷尬藏在自己心中。跟我同期的新進員工就像一群小奶狗一樣，只要一抓住機會就纏著藤崎先生不放，他也總是溫柔地回應，而我只是遠遠地看著他。如果我也成為那群小奶狗中的一員，會是什麼感覺？對藤崎先生來說，或許我的確就是隻小奶狗，一隻怕生的小奶狗；體型有點大隻就是了。

我就這樣跟藤崎先生保持著距離。雖然這樣講，但我並不是刻意疏遠他，只是沒有主動去接近而已，但藤崎先生卻先主動跟我拉近距離。不對，這只是我的主觀感受，或許對他來說那並不算主動靠近。

我們公司平時就很常聚餐，但那天的規模特別盛大。我被一個不認識的關西分公司的高層大叔猛灌日本酒。我體型壯碩，以前又是體育社團的，經常被灌酒。我本身並不討厭喝酒，但那個大叔實在太煩了，或者說他根本沒看出來我已經不想跟他喝了，正當我盤算著該陪他喝到什麼地步的時候，藤崎先生一屁股坐到我身旁。

「你們兩個怎麼喝得這麼開心啊？也跟我喝一下嘛，都這麼久沒見了。」

他露出「欸嘿」的笑容，該怎麼說呢，好可愛。嗯，可愛。他一邊對我說「來」一邊動作自然地把冰水遞給我，害我望著他出神，因為喝醉而運作遲鈍的大腦不禁想著：

「啊，他是在對我示好嗎？」這麼漂亮的人，連對上司拍馬屁的笑容都能這麼可愛啊。正當我還在恍神，那位高層一副不懷好意的表情幫藤崎先生倒酒。我稍微瞄了一眼，高層的表情猥褻得令人反胃，是一個不該在職場中出現的表情。如果對方是女生的話他應該不敢這麼做，正因為對方是個可愛的男性老鳥，就覺得可以這樣放膽了嗎？我也不知道。藤崎先生用瀟灑又可愛的表情跟大叔碰杯，然後一口氣把酒乾掉。真有酒膽啊。平時總是繫緊的領帶微微鬆開，從高領襯衫的開口可以看見他的鎖骨，讓我突然覺得，咦，這是可以露出來的嗎。跟露不露出來其實沒關係，反正只是鎖骨而已，但因為藤崎先生的脖子又白又長，胸部附近的肌膚看起來也吹彈可破，反而讓我這個觀眾看得心跳加速。

「咚、咚」，藤崎先生用指節敲了敲我的手臂。正想說他叫我什麼事，但他並沒有望向我這邊。我猜他是要跟我說「你可以走了，這裡就交給我」的意思吧。原來，他在保護我嗎？咦？

藤崎先生又被倒了一杯酒，這次他一口氣喝了半杯，臉上的肌膚依舊白皙如昔，看來他真的很能喝。他用水潤的眼神仰望著那位高層，兩人開始聊起某個我不認識的人。高層看起來也很開心的樣子，好像已經忘記我的存在，開始自吹自擂起來。藤崎先生仍然一直仰望著他，那表情就好像他面對的是喜歡的人，不想錯過對方任何一字一句。他一邊用這副表情望著大叔，一邊敲著我的手臂，從原本的「咚咚」變成催促似的「咚咚咚」，好像在對我說「你怎麼還在這」。他迷人的眼神和看似無意識動作的手指，就像內心的情緒跟本能的衝動同時存在著，好奇怪，就好像本該要連動的人體，有某部分壞掉了一樣。人看到奇特的事物，就會不自覺地一直盯著看，我也就這樣，在藤崎先生的身旁一直注視著他的側臉。他還在繼續幫自己倒酒，不知不覺間那個高層已經喝得滿臉通紅，趴在桌子上了。

「哎呀哎呀。」

藤崎先生泰若自然地嘆了一句，跟店員要了一壺水。

「你要把冰的喝掉喔。」

冰的。

「您會說冰的啊。」我開口。

我是會這麼說沒錯，但藤崎先生說出來就有種喜感。

「咦，最近的小孩都不這麼說了嗎？糟了。」

藤崎先生一邊把倒好的水杯放在我面前，一邊露出害羞的笑容說道。

真可愛。

「謝謝你。」

「沒什麼啦，剛才那樣應該讓你覺得很煩吧。那個人就是喜歡體育社團出身的年輕男孩，只要稍微順著他一點，他就會開始得意忘形起來，畢竟是個大叔嘛。」

「唉。」

「你就交給大叔我吧，反正我喜歡喝酒，跟大叔也比較有話聊……」

「藤崎先生您貴庚呢？」

「嗯？二十七。」

「明明還很年輕嘛。」

藤崎先生嘛起嘴唇，發出「嗯——」的聲音。這個人的動作好可愛，可愛得讓我感覺像是心上被咬了一口。感覺他雖然知道自己長得漂亮，卻完全不知道自己有多可愛。細膩貼心又思慮周全的他，與令人意外毫無防備的他完美共存著。

「或許你會這樣覺得，但我很想要趕快變老呢。」

我完全不懂，所以就露出了一副「我聽不懂」的表情，藤崎先生也就對我露出了一個「啊，你果然不懂」的笑容。那個笑容非常溫柔卻又寂寥，好像他放棄了什麼，也因為他選擇了放棄而感到受傷。

我不懂，請你教教我。

早知道應該說出口的，但當時我已經喝醉了，而且對意外向我靠近的這個人還有許多疑惑。這個人就像長在雜草堆中的一朵小花，連我這種傢伙都能被他喚起詩意。我不知道該怎麼跟他互動，如果隨意靠近，好像會發生什麼不得了的事。但，既然我會這麼想，就表示，我可能也抱有期望，希望會發生什麼事。不對，我到底在想什麼？一定是因為醉了吧。

喝得面紅耳赤的高層發出「唔唔」的囈語，我跟藤崎先生四目相交。

「你看吧！快走。等他醒了我會繼續陪他喝。」

「那個……」

「你走啦。」

「是……」

我落寞地逃到同期新人們的身邊，依依不捨回頭看了藤崎先生一眼，他正靜靜地喝著冰水。我想回到那個位置。藤崎先生沒有看向我，他茫然地低著頭，可能是累了吧。他一個人坐在那，看起來就像個手足無措的孩子，儘管他本人或許並不這麼認為。小小的頭、又白又纖細的脖子、窄小的肩膀，像一朵美麗又容易受傷的花朵。

但是，這樣的人卻來幫助我了。

這個事實慢慢滲透進我喝醉的腦子裡。我這麼大個人，卻受到一個這麼瘦小的人幫助，雖然內心感到既抱歉又羞愧，但撇除掉這些表面的客套，我有一種徹底被壓倒在地的感受。我好開心。好開心，但又不開心。

跟我同期的男生正在哭，因為他剛跟女朋友分手。大家這才知道他最近看起來臉色不好的原因。全桌陷入一種奇妙的氣氛，大家都在聚精會神地聽他說著失戀的故事。平時的我應該會出聲安慰幾句，但因為實在太在意藤崎先生了，同事分享失戀心情讓我可以不用跟任何人對話，真是令人感激的情境。我是不是太冷淡了？如果是藤崎先生的話，一定會溫柔回應。藤崎先生，我又看了他一眼。他喝完了水，一臉不耐煩地轉著脖子。這種動作的確很像大叔，但還是很可愛，好像一個在模仿爸爸的小孩。雖說藤崎先生的確不是大叔，但要說他是小孩也很奇怪，明明大我五歲。

藤崎先生看了看依然熟睡的高層，確認他的狀態後便站起身，坐到業務前輩們那桌。眾前輩一看到藤崎先生過來，都露出非常歡迎的表情；坐在藤崎先生隔壁的宮原先生抱住了他的肩。既然藤崎先生是二十七歲，那宮原先生可能是他的同梯。藤崎先生露出一個輕鬆的笑容，對宮原先生摟肩的動作似乎也不討厭。這是當然的吧，同性別又同世代的人來摟肩，應該沒有討厭的理由。

但，對方明明是藤崎先生。

我自己也搞不懂了，我到底是怎麼看待藤崎先生的呢？

「大——山——」

有個喝醉的人從背後抱住我，原來是剛剛那個喝到哭的同梯跑過來了。我笑著讓他坐到我身邊，他就撒嬌似地往我身上蹭。其他女生看到這一幕都笑了出來，我也用微笑回應她們。不知為何，我從以前就很容易被男生喜歡，不只是被照顧或被疼愛而已，也有戀愛層面的喜歡，甚至有人直接對我說想跟我發生肉體關係，不分男女都說我好像是gay的菜。我是這種類型嗎？

我一邊感覺到還在抽泣的同梯倚靠在我身上的重量感，和他充滿酒臭味的吐息，一邊望向藤崎先生。他把手肘撐在桌上，手掌上托著他纖細又俐落的下巴，頓時讓這麼吵雜的居酒屋看起來也像一幅畫。這個像從畫中走出來的人，也正在看著我，難道是在擔心我嗎？他稍微歪了歪頭，像在對我說「怎麼了嗎」，似乎覺得我還在向他求救。我對他搖搖頭表示沒事，他就轉頭望向別處了。

藤崎先生，是 gay 嗎？

我又想起了這個被我擱置的疑問。

「我——只剩下大——山了啦——」

「說什麼啦。」

我隨便敷衍了一句。雖然這傢伙一直在我身上蹭來蹭去，但他應該不是 gay，畢竟之前交過女朋友，目前為止也沒有感覺到像 gay 的地方。隨便啦，他喜歡男生還是女生，都不關我的事。

那麼，藤崎先生是哪一種呢？

我又開始偷看藤崎先生。宮原先生拿了杯啤酒給他，他笑著接過喝了一口。他們聊得很開心，完全沒有看向我這邊。這是當然的吧，對他來說，我什麼都不是，除此之外沒有別的理由了。

但我不是這麼想的，從一開始，我似乎就覺得藤崎先生有別於其他人。

「藤崎先生是 gay 嗎？」這並不是我真正的想法。「藤崎先生如果是 gay 就好了。」這大概，才是我希望的吧。

因為，如果是 gay 的話，他可能就會喜歡我了。

藤崎先生一邊笑著跟別人閒聊，一邊還會留心觀察四周的狀況。他就是這樣的人，對新進員工更是如此。感覺就快要被藤崎先生發現我在偷看，我趕緊迴避眼神，拿起酒來喝。心臟莫名咚咚咚地跳個不停。周遭吵雜的人聲跟同梯壓在我身上的體溫讓我覺得厭煩，同時卻又覺得感激。如果只有我一個人坐在這，一定撐不下去的。

我喜歡藤崎先生。第一次見到他的時候，就喜歡他了。

我終於察覺到這件事。要是我沒發現就好了。

在那天之後好一陣子，我都假裝沒這回事，但沒有用。藤崎先生跟往常一樣，看到我的時候都會對我露出隨和的微笑，同梯也一樣老愛纏著他，即使他不在場時也經常談論跟他有關的話題。幾乎每次見到藤崎先生，我都會有點被嚇到，而忘記自己做的決定，還有內心的糾葛這些瑣事，因為他美得讓我震懾。我日常生活的視野裡，憑空闖入了一個非現實的美貌，我拚了命才能裝出那瞬間的平靜，腦子裡已經無法思考任何其他事情。這件事我永遠無法習慣，也永遠都會喜歡。

就這樣，因為某種契機，我們成為了戀人。

「有件事我要先告訴你。」

「你說。」我在床上伸了個懶腰。藤崎先生彎起眼角對我笑了笑。他穿著我的棉T，應該說被埋在我的棉T裡，頭髮半乾，眼睛還有點紅紅的。那是我們成為戀人那天發生的事。我把趁我睡覺時跑出去的藤崎先生抓回來，一起坐計程車回我家，接著他就去洗澡。我既高興又有點擔心，但不管怎樣，我在慌亂中沒帶錢包，竟讓藤崎先生幫我付了計程車錢，而家裡也沒有吹風機，這兩件事讓我深切地反省。

「其實也不是很嚴重的事情啦。」

我喜歡藤崎先生這種說話隨便的態度，讓我覺得他對我跟對其他人不一樣，讓我很心動。

「你說。」

「我有夜呻吟(註)。」

「蛤？」

突然冒出一個完全沒聽過的詞，老實說，我還以為是什麼跟性有關的詞彙。

藤崎先生對一臉茫然的我笑了笑。

「不是色色的字喔。」

「是喔。」

為什麼會被看穿呢？藤崎先生對著被抓包的我開始仔細說明，真親切啊。

「呻吟症好像算睡眠障礙的一種吧，就是睡覺的時候會發出呻吟聲。我應該是成年之後才開始有的，累的時候特別容易發作，所以今天可能也會這樣。」

我又伸了伸懶腰。

「不用看醫生嗎？」

「只是呻吟而已。不是因為做惡夢，是體質問題。」

「這樣啊。」

雖然嘴上這麼說，但其實我完全不相信。藤崎先生爬上床，躺到我的身邊。跟站著的時候相比，躺著的時候看起來更小隻了。我也跟著躺下，在很近的地方望著他的臉。雜亂的頭髮隨意攤在他潔白的額頭上，看起來更可愛了。

「我爸也有類似的體質喔。」

註：夜呻吟（catathrenia），又叫睡眠呻吟、夜間呻吟，是一種睡眠疾病，睡眠時會發出類似呻吟的怪聲。與打鼾不同的是，打鼾發生於吸氣時，夜呻吟則是呼氣時。

「你爸？」

「我爸。他是異性戀，在一間大公司當部長，有一個家庭主婦的老婆、已婚的女兒、一個同性戀的兒子跟一個孫女。他常常會在凌晨天快亮的時候發出呻吟。」

「是喔……那他女兒是你姊姊還是妹妹？」

我這才發現我對藤崎先生的私人資訊幾乎一無所知，可能是覺得要開口問這些會有點怕怕的。

「姊姊。外甥女三歲。」

「一定很可愛吧。」

「超——可愛的！他都叫我阿晶。」

「阿晶。」

我也試著這麼叫他。

「不准。」

被制止了。想到只有外甥可以這麼叫他，或者該說藤崎先生允許外甥女這麼叫他，我就忍不住露出姨母笑，覺得很開心。

「你們家人之間感情很好耶。」

「超——好的喔！你們家呢？」

我很開心藤崎先生會問我這個問題，所以發出「嘿嘿嘿」的笑聲。藤崎先生投來奇怪的眼神。

「就很一般的家庭啊，我爸媽都在上班，有一個哥哥，他還是單身。」

「咦，你有哥哥啊！也是體育人嗎？」

我哥之前打過橄欖球，他身高比我矮，但身材比我壯碩。

一想到這個，我就覺得糟了。

「不行！」

「什麼不行？」

「我不會讓你跟我哥見面的。」

「你想太多了吧？」

藤崎先生對著慌張的我笑了出來。

「算了啦，那些都過去了，我也已經走出來了。」

真的嗎？

我看著閉上眼睛的藤崎先生，內心這麼想著，但他看起來的確不像在說謊。閉上眼睛的藤崎先生睫毛好長好長好長，在他眼下留下一塊陰影，讓他看起來像個小孩，既弱小又容易受傷的樣子。

我想保護他。

「晚安，就算我發出呻吟也不用叫醒我唷。」

我又欣賞了一下他的臉龐，才關燈睡覺。這好像是我們第一次一致同意不發生關係的同床共枕。他說了喜歡我對吧，我們是戀人了吧，明天起床之後再確認一下好了。我想做早餐給藤崎先生吃，但不知道他喜歡吃什麼。腦子裡東想西想的，比平時溫暖的棉被又讓我悸動不已，害我以為會睡不著，但因為實在太累，馬上就睡著了。

結果我做了惡夢。

雖然不太記得具體內容，但感覺是很糟糕的惡夢。我聽見很大聲的聲響，醒了之後還是聽得見，我以為自己還在繼續做夢，即使睜開眼睛確定自己已經完全清醒，也還是持續聽到那個聲音。一個低沉的聲音在持續著，我還以為是冰箱壞了，那聽起來就像阿嬤家的古早冰箱會發出的聲音。仔細一聽，發現是從比冰箱的實際位置更近的地方發出來的。

在溫暖的被窩中，藤崎先生背對我熟睡著。不知道藤崎先生還好嗎？

睡覺的時候會呻吟。

我這才終於想起藤崎先生說過這件事。一想起來之後，就覺得那個聲音聽起來的確像是呻吟聲。我稍微撐起身體，偷看了一下藤崎先生的臉。

他正在呻吟著。

他緊皺眉頭，嘴巴微微張開，發出呻吟聲。雖然說不上安穩，但看到他沒有不舒服的樣子，就沒那麼擔心了。看了下時鐘，快要凌晨四點。我煩惱著該怎麼辦才好，左思右想的這段時間藤崎先生還持續呻吟著。

「藤崎先生、藤崎先生。」

我輕輕搖了搖他的肩膀。呻吟聲忽地停了下來，他的眼皮動了動。我還以為他醒了，結果他卻像是要逃開我的手掌似地，把身體往反方向移了一下。雖然有點蠢，但那一刻我覺得有點小失望。

「藤崎先生。」

我輕聲叫他。藤崎先生恍恍惚惚地搖了搖頭，又繼續睡了。不過他沒有再發出呻吟。

我拿起枕邊的手機搜尋，但因為記不住「夜呻吟」這個詞，就打了「睡覺時呻吟」。雖然我沒聽過，但這個症狀意外地似乎很常見，馬上就看到好幾條結果。這個症狀雖然有可能是其他疾病引發導致的，但如果只是呻吟的話，似乎真的只是體質的關係。我按照順序一一閱讀這些搜尋結果，每當看到「體質問題」的字眼就會感到放心。畢竟，如果連睡著的時候都那麼痛苦的話，那也太可憐了，好可憐。我已經把藤崎先生視為應該要守護的弱小存在，畢竟他都哭成那樣了。但我還不清楚我替他擔憂的這份心意，藤崎先生能夠接受到什麼程度，他似乎看起來很怕讓別人覺得他很弱。

如果要保護他的話，我希望能夠回到過去，讓他從一開始就不受到傷害。

但一想到這已經是不可能實現的事情，就讓我感到痛苦。為什麼不可能呢？即便腦袋可以理解，情感上卻完全無法接受。這個人會遇到這麼過分的事情太奇怪了，這個世界上會有這麼過分的事情也太奇怪了。我心好痛，但除了心痛以外我也無能為力。

我感到無力，或者，應該說是無常？無論有多強大的心願或力量，都無法回到過去。每當我認清這件事，就覺得感傷。明明我不是個容易感傷的人。

藤崎先生又發出了小小的呻吟。我擔心他是不是又要開始了，但他馬上就安靜了下來。我仍然沉浸在十分感傷的情緒裡，然後輕輕抬起藤崎先生的頭，把自己的手臂墊在底下。藤崎先生不知是不是覺得我的手臂不舒服，像是要逃走似地又往床邊稍微移動了一下，我怕他掉到床底下，輕輕把他拉回來一點。

這個人真可愛。

我一邊調整手臂，試圖找到不會讓他感到不舒服的位置，又幫他蓋上棉被，一邊想著、或者說感覺到這個人有多可愛。內心深處像被什麼東西冷不防刺入，忍不住想拔聲大喊「好可愛」。藤崎先生真可愛，我被他刺中，離不開他了。我也不想離開他，只想一直大喊——

你好可愛。

我竟然流下眼淚。我想偷偷在他潔白又光滑的額頭上親一下，但因為一隻手枕在他的頭底下，物理上很難實現這個動作，便放棄了。藤崎先生熟睡著，仔細聽才能聽見細微的吐息聲。他好像不會打呼，如果會的話我倒是想聽聽看。我想知道關於他的一切，但我想他應該不希望被我聽見打呼聲吧。這種欲望，到底是愛還是自我滿足呢？愛跟自我滿足是能夠清楚區分開來的嗎？我發現自己忽然開始思考起一個沒有答案的大哉問，通常不會有人突然思考關於愛跟自我滿足的差異什麼的吧。我回過神來，告訴自己應該思考一些自己能力所及可以做到的事，比方說確認藤崎先生的心意之類的。他的心意。他是真的喜歡我嗎？雖然他是這麼說的。一想到這件事，我就體溫上升，流下跟這個季節不搭的汗水。這樣會不會害棉被裡變得臭臭的？還是他反而會喜歡這個味道？藤崎先生總是喜歡聞我身上的味道。啊可是，那都是在我們做愛的時候，說不定他只是有喜歡聞味道的性癖而已。愛和性慾的差別是什麼呢？我又開始思考起沒有答案的問題。好像自從喜歡上藤崎先生之後，這個世界就變得複雜多了。這沒有好或不好，只是感受到有了這樣的轉變。既然有了轉變，就回不去了。這就是戀愛嗎？我感到有點不安。

在這之前，我的世界好像比較單純。我眼前的，只有短期目標、中期目標、長期目標，這些能簡單區分的事物；我看見的，都是伸手可及的事物。在一起會開心的人我就盡量靠近，在一起不開心的人我就盡量遠離，大概就是這樣。如此單純的世界已經終結了。如今我最想陪在身旁的人，可能正是個最麻煩的人，我甚至不知道該不該跟他在一起。我人生的判斷基準已經變了，那道能夠輕易向他人說明的基準，已經失去意義。我得再次重組自己才行。

當我又想起這件事，內心的不安變得更強烈了。改變。這件事本身沒什麼不對，畢竟在這之前，就算沒有遇過這種事情，我的基準也經常在改變，所以這並不是我害怕的理由。我之前並沒有把這個世界想得那麼複雜。

我害怕的是，藤崎先生說喜歡我，是因為他覺得我是個單純的人才喜歡我的。藤崎先生喜歡我的單純，但這份單純卻因為跟他在一起，正逐漸消失。這才是最令我害怕，也最無所適從的地方。就算再怎麼想，也無法回到過去了，我都知道。如果是以前的我就能乾淨切割，但那是因為，當時的我覺得不行就不行嘛不然要怎樣。現在我已經不會這麼想了，如果這次失敗，我就會失去一切。這就是全部，這個人，是我的全部。只要分手就好什麼的，這種念頭我想都不敢想。他是我的，我是他的。這並不是我的決定，而是我發現這都是早就被決定好的。所以我已經無法離開藤崎先生，也無法想像萬一走不下去會如何。如果真的到那一步，會怎樣呢？明明現在這個當下，我連他是不是真的喜歡我都無法確信，也害怕明天早上醒來他會當作這一切都沒發生過，但這份不確定的好感卻成了我的全部。

我可以聽見藤崎先生睡著時的吐息，手肘也能感受到他的體溫甚至脈動。藤崎先生是活生生的人，他就在這裡。即使在黑暗中，他的黑髮仍隱約閃閃發亮。如此美麗的存在，竟然會出現在這間房裡，真是太不可思議了。在這個房間裡，在我的臂彎裡；不是在藤崎先生自己的房間裡，不是在跟某個不認識的男人一起開的飯店房間裡，也不是在某個我無法想像、或是跟我沒有機會邂逅的遙遠平行時空裡，而是現在，他就在這裡。我好開心。光是用這樣的言語感覺還有些不足，或者不是言語不足以表達，而是我自己力有未逮。除非有更巨大的存在，否則我不知道該如何描述存在於此的事物。我的戀愛超越了我自己。我摸了摸藤崎先生的頭髮，柔順又纖細的頭髮在我的指尖閃耀，那既冰冷又柔軟的觸感讓我想一再回味，所以就這樣反覆撫摸，意猶未盡。我一邊聽著他的氣息聲，一邊撫著他的頭髮。無論我的指頭梳過他的髮絲幾次，都是同樣冰冷、同樣閃閃發亮。我看見他又細又白的脖子從髮間透出來。那裡摸起來的觸感是什麼樣子，我已經很熟悉了，畢竟我已經撫摸過他的全身，每一寸都是精心雕琢的美，是同樣身為人類、身為男性難以想像的纖細之美，每一處都讓我既畏怯又沉迷不已。我好開心，雖然不知道那是什麼意思，但即使我知道意義，也仍然沉迷其中，現在也還在沉迷。

笨蛋如我，以為得到了美麗的藤崎先生給我的特別許可，即使我不如他所想的那麼特別，但某種程度來說我還是被他選入「有好感的對象」這個群組裡了。雖然這個群組裡不止有我一個人讓我感到不安，但得到入場券的我還是感到開心。我以為擁有了疼愛藤崎先生以及被他疼愛的權利，因為我是笨蛋。

但其實，我只是藤崎先生拿來傷害他自己的工具而已。他把他自己丟給我，因為他以為我會粗暴地對待他，所以選了我。

做愛時的藤崎先生既美麗、可愛、淫蕩又順從，比我纖細許多的每一寸身體都毫不隱藏地對我敞開。我不可能會用粗暴方式對待這樣的人。

這不是謊言。我想要珍惜他、疼愛他，真的。但如果說只想如此的話，那就是謊言了。在這份心意的背後，如果說我沒有一丁點想要嘗試傷害如此美麗事物的念頭，那就是在說謊。藤崎先生既美麗又引人注目，被他吸引目光的我喜歡上了他。雖然說我喜歡他是我主觀的意識，但我同時也有「是他讓我喜歡上他」的感覺。因為他實在太美麗了，這份美麗就像他所擁有的特權，跟天賦異稟或是非常有錢是同樣的意思。我像其他跟藤崎先生做過的男人，可能都是被他刻意自貶的態度給吸引，而藤崎先生也利用這份被害妄想，讓我們懲罰他。因為我是笨蛋，很輕易就上鉤了。

所謂的美，應該跟我這個笨蛋想像中的力量是不一樣的吧。仔細想想，這不是廢話嗎。比方說像權力或是金錢，儘管擁有之後可能會有點麻煩，但這些事物本身就是一種力量。美卻不是，說得難聽點，美是獵物的價值。人啊，尤其是像我這樣的笨蛋，看到美麗的人時，無法單純只覺得他好美麗，我會想要靠近、想把對方變成自己的。每次跟藤崎先生做愛都很棒，在床上的藤崎先生最棒了，他讓我覺得我所做的一切對他而言都是最棒的。但是，我覺得這一切好像都反了。我沉迷於這場遊戲，但遊戲規則並不如我所想。我認為藤崎先生讓我看到了他最好的一面，我卻可能讓他看到了我最不好的一面。但畢竟鏡子無法映照過去，所以我也無從得知。

我覺得我被玩弄了，原來我是被動的那方。我把責任都推到藤崎先生身上，但這一切可能都是我的錯。我心中充滿懊悔。我應該做得更好，或者說應該做得更周全，但具體應該在什麼時間點要怎麼做，我也說不上來。

我又覺得，藤崎先生似乎不期待我會後悔，雖然只是一個感覺，但我覺得他希望我只關注看得見的事物、只做該做的事，我只要關心眼前就好，他期待的似乎是這樣的單純。確實我一直都是這樣的人，如果這就是藤崎先生的期望，我可以為他做到。但我不覺得那樣的自己是真正適合藤崎先生的人。即使藤崎先生只是因為碰巧在這個時刻，我們前進的方向一致而選擇了我，當方向改變時會怎樣呢？無論如何，我都希望能夠拿出最好的獻給他。我這個笨蛋是不是搞錯了什麼？但不能因為是個笨蛋，就把自己的戀愛交給他人來判斷吧。我的戀愛，我自己決定。就算我喜歡藤崎先生，這也是我自己的戀愛。所以說到底還是得由我來決定，為了藤崎先生，我不得不這麼做。

好難喔。我越來越搞不懂自己在想什麼了。藤崎先生背對我還在熟睡著。我想看他的臉，又不想吵醒他，但我希望當他起床時，我是他第一個看見的人，這樣我會很開心的。眼淚都快掉出來了。我繼續撫著他的頭髮，既柔軟又順滑，我好喜歡。光是心裡想著「好喜歡他、好喜歡他」就足以讓我興奮又開心，因為，藤崎先生現在就在這裡。

好喜歡、好開心，頭髮好柔順，我超喜歡。我好睏，但不想睡覺，我想一直保持這種心情，連小睡一下都不想。啊不行了，好睏喔，但又不想睡覺。除了這個矛盾以外我不想去煩惱其他任何事情，但我又覺得，如果一直這樣怠惰下去，這份意外的幸福好像就會瞬間消失。該怎麼辦才好呢？完全沒有頭緒。

我從未感受到夜晚如此漫長，又如此幸福，如此不安。原來幸福會讓人不安啊。我原本以為幸福是更加穩固的感受，能讓人安心，平靜地面對任何事物。這大概只是我能想像到的幸福而已，而我現在得到的已經超越了我的想像。我太自不量力了，沒搞清楚自己有幾兩重。但我才不管什麼有幾兩重，我絕對不要失去這份幸福，我不要讓給任何人。好想哭喔，但哭又有什麼用呢。

窗簾外已經透出朦朧的天光白，我還在摸著藤崎先生的頭髮。

「……幹嘛？」藤崎先生發出小小的聲音說。

我嚇得抖了一下。他很自然地轉身面向我。

「……早安。」

好可愛。

我的心臟緊縮了一下。藤崎先生的聲音有點沙啞，眼周可能是因為昨天哭了很多所以還腫腫的。好可愛。轉身面向我的動作也好可愛。好可愛，他做什麼都好可愛。連我都被自己嚇了一跳，大概是因為在這之前我都盡量讓自己不要覺得他那麼可愛吧。

「……幹嘛啦？」

「沒事……只是覺得你一大早就好可愛喔……」

「蛤？」

就算聲音低沉也好可愛。當我還沉浸在這股甜蜜之中，雙腿間忽然被摸了一把。

「欸，你在幹嘛！」

「太大聲了吧。」

「雞雞突然被摸當然會大聲啊！」

「因為你一大早就好奇怪，我想說是不是硬了。」

「就算沒有硬，我也一直都覺得你很可愛！」

「明明就硬了。」

說不上是前戲，他彷彿只是在把玩手中的物體似地，輕撫我的下體。這種敷衍的感覺，或者說把我的身體當作他的所有物而隨意對待的態度，說來很蠢但令我很感動。雞雞一邊被摸，一邊我又想到，今後這樣的事情就會變得不再特別了而感動不已。

「要幫你打出來嗎？」

「不用了……」

雖然是個很吸引人的提議，但看到藤崎先生的眼睛還腫腫的，讓他幫我做這種事我覺得很過意不去。

「可是它很硬耶。」

「放著不管就會軟掉了啦。」

「你覺得我會放著它不管嗎？」

藤崎先生露出有點壞壞的表情說。壞壞的表情也可愛，但這不是重點啦。

「我只是覺得，如果我叫你放著它不管，你就會照做。」

我認真地說完之後，藤崎先生就一直盯著我看。他的眼神強烈到我想躲開，但我沒有，畢竟如果這是藤崎先生想看的，我就讓他看到飽。

「這樣啊。」

藤崎先生像是放鬆似地笑了出來，把臉埋進我的胸膛。

「我要再睡一下。」

「好的。」

他纖細的身軀在我的胸膛裡變得鬆軟下來，我開始聽見他的鼻息。我把鼻尖埋進他柔軟的髮間，聞著他的香味。即使我們用同一罐洗髮精，藤崎先生的髮香卻比我的還要好聞，這才發現我的體味還滿重的，得開始注意一下了。

一邊想著這些事，不知為何我開始流淚，最後就這樣哭著睡著了。起床時發現因為眼屎太多而睜不開眼睛，讓我嚇了一跳。下次最好還是不要邊哭邊睡了。

不知道這麼說對不對，但出乎意料，我跟藤崎先生的交往很平淡。下班之後如果兩人有時間的話就會一起去吃飯，放假的時候也會輪流去彼此家裡。我拜託藤崎先生讓我去他家，發現比我想像中的還要狹小，而且——

「很髒吧。」

「……是不會到髒啦。」

是沒有特別髒，但是還滿亂的。單人沙發上堆滿洗好的衣物，房間一角也堆著紙箱和一些瓶罐。雖然以獨居生活來說，這只能算普通亂的程度而已，但因為藤崎先生平時都打扮得整齊俐落，所以我以為他家也會很乾淨整齊，看來並非如此。

「要幫你整理嗎？」

「呃……你是客人欸，放輕鬆坐著就好啦。」

「我只有在乾淨的房間裡才能放輕鬆。」

「真的假的？」

所以我就開始打掃了。過了一會，藤崎先生就蜷縮在已經空無一物的沙發上。他穿著長到腳踝的深灰色褲子，和寬鬆又柔軟的白色針織衫，這樣的穿搭看起來像是比較年輕、大學生年紀的人會喜歡的風格，但穿在藤崎先生卻超搭的，讓他看起來超級可愛。他太適合穿淡色系的衣服，還有寬鬆的針織衫了。藤崎先生本來就是個看不出年紀的人，這樣乍看之下或許真的會誤以為他是大學生。一旦冒出這個念頭，我就覺得藤崎先生好像真的是比我年紀小的大學生，頓時有點尷尬。

「藤崎先生要不要也來一起打掃呢？」

因為尷尬，我只好對著坐在沙發上、只出一張嘴告訴我東西要擺哪裡的藤崎先生這麼說。

「我在別人打掃的時候也能放輕鬆。」

「咦……」

「我不喜歡打掃嘛。」

「真意外。」

雖然我沒看過他的辦公桌，但我猜應該很乾淨，而且他工作時也都很有條不紊；一起去吃飯的時候，也會保持餐桌的整潔。但在家裡跟在外頭的樣子不一樣也是常有的事吧，光是他願意讓我看到他家我就很開心了，雖然現在是我在幫他打掃。

「失望了嗎？」

「完全沒有。」

我反射性地回答完之後，才發現這好像是個重要的問題。我望向沙發那邊，藤崎先生抱著雙腿，把下巴放在膝蓋上，纖長睫毛底下的雙眼一直盯著手上抱著衣服的我。

「你喜歡那種的？」

「咦？」

「那條內褲。」

「咦、啊、啊、啊。」

原來我手上拿著藤崎先生的內褲，一條深藍色的四角內褲。因為是非常普通的款式，我還以為只是普通的衣服就拿在手上了，結果是他的內褲。我輕輕把它放在一旁。

「……我沒、沒有特別喜歡哪種內褲。」

「喔，是喔？」

「內褲請你自己摺喔，我放在這裡。」

「蛤——有什麼關係嘛——幫我摺嘛！」

「我剛剛本來是打算這麼做的，但現在沒辦法了。」

「為什麼啦明明內褲裡面的東西你都已經看很多次了！」

明明知道他在虧我，但我還是克制不了自己的臉紅。

「我現在看你內褲裡面的東西還是會緊張啊。」

「咦——？」

無論何時我都會緊張。我乖乖地把洗好的衣服全部疊好，又把衣物一一歸位到他指定的位置。接下來打算吸地的我，開始搜尋放在房間一角的手持式吸塵器的使用方式。

「啊，先不要用吸塵器。」

手上還拿著內褲的藤崎先生這麼說著，然後從口袋裡拿出手機。好像是有人打給他。

「喂？姊姊？咦？哈哈哈，嗯，沒——關係沒關係。」

明明是很普通的對話，我卻嚇了一跳。藤崎先生竟然會直接稱呼「姊姊」。整體聽起來藤崎先生比他平時還更無防備的樣子。

「啊是喔？嗯嗯，好啊給她聽吧……好——唷。」

那一聲「好——唷」比他平時的聲調還要高三個八度，害我差一點要噴笑出來，還好努力忍住了。那麼軟糯又甜美的聲音，對我就從來沒這樣過。

「嗯？我是阿晶唷，妳好。梨梨妳好嗎？嗯。這樣啊？咦？謝謝！阿晶很好唷——」

應該是之前他提過的那個外甥女。他一邊說一邊笑，眼角瞇得微微下垂。我聽說因為基因的關係，通常都會覺得姪子或外甥特別可愛，不知道藤崎先生是不是也這樣？小孩子跟藤崎先生。

「這樣啊？好厲害喔，梨梨好聰明喔。啊、是喔？嗯，對啊。咦，是人家教妳的啊？謝謝。這樣啊，嗯，一定很適合妳。下次可以拿給阿晶看看嗎？哈哈哈，這樣啊，嗯。我會去看妳的唷。好的好的，謝謝，可以把電話拿給媽媽聽嗎？好，下次見……啊，姊姊？是、是……嗯，沒關係啦，好，我等下傳給妳喔。好——唷，謝謝。掰掰。」

電話結束了。藤崎先生嘆了一口氣，剛才那股像是從小只吃糖長大的甜美氣質頓時消失殆盡，變回平時的藤崎先生了。

「啊？幹嘛？」

他看起來比平時更加心情惡劣。

「沒事……啊，你是在害羞嗎？」

「蛤？煩死了你，阿順。」

「阿順。」

這名字好聽不慣，我好像從來沒有被這樣叫過。

「你爸媽不會這樣叫你嗎？」

「不會……他們都直接叫我順。在我還是小嬰兒的時候好像有被叫過點點。」

「點點？為什麼？」

「因為我是么子，是『家裡的小不點』，所以就被叫成點點了。」

「是喔。」

掛掉電話之後藤崎先生還在繼續玩手機，這時突然抬起頭來看我。

「原來你也有小不點的時代啊。」

「每個人都有吧。」

「一想到你原本是個小嬰兒，就很難做什麼色色的事情了。」

我本來想說真是不好意思喔害你不能色色，但還是沒能說出口，因為太害羞了。今天，會做色色的事情嗎？我完全無法預測。我們正式交往以來還沒有做過。不對，到什麼程度才算是有做呢？總之沒有插入。雖然有彼此愛撫、讓彼此射精之類的，但跟我們之前做過的事不太一樣，與其說是為了滿足性慾，更像是在探索、熟悉彼此的身體。我們曾經靠得太近，而且用了不適當的方式靠近彼此，所以先拉開距離，再次尋找靠近對方的方式。那麼當戀人第一次請我去他家時，對方打算要做什麼？只有我有期待嗎？這些彷彿青澀的戀愛漫畫裡會出現的煩惱，我多少也有過，但以我的年紀要當青澀戀愛漫畫的主角有點太老了，要拿我們的關係來當題材也太複雜，所以我努力不要表現出這些戀愛漫畫裡會有的煩惱。雖然如果有機會說出來的話，我也是不會錯過啦。

「欸欸，你看這個，是不是很可愛？」

「很可愛。」

藤崎先生把手機拿給我看。我一手拿著吸塵器，一邊向他靠近。我以為他要給我看「梨梨」的照片，結果畫面上出現的是一件水藍色的兒童洋裝。

「她說想要我買這件給她當生日禮物。很可愛吧？」

「嗯。」

如果我是小孩的話，比起衣服，我應該會更想要一些可以玩的東西，但我已經記不得我三歲的時候會想要什麼了。不過，該怎麼說呢？長大之後我雖然有想要某件衣服，但我或許不曾思考過想要做什麼樣的打扮。

「這是梨梨。」

藤崎先生一邊這麼說著，一邊秀出照片給我看，照片中有個小女孩坐在藤崎先生的膝上，兩人都笑得很開心。小女孩穿著一件很飄逸的粉紅碎花連身裙，頭上繫著蝴蝶結。藤崎先生穿著白色領子的襯衫，坐姿端正，笑起來的確就像個大學生。他的五官太完美了，即使只是隨意拍下的畫面，看起來也像張電影海報。但比起這些，我第一個想到的是：

「你們兩個真像耶。」

笑的時候眼睛的形狀和嘴角的角度，都一模一樣。梨梨真的太可愛了，讓我不禁開始想像藤崎先生的孩提時代，他曾經說過自己小時候很可愛。我想像起臉頰圓潤、有著櫻桃小口的小小藤崎。

「對啊，因為我跟姊姊就長得很像。」

接著，他給我看另一張照片，場景像是在餐廳，畫面裡的梨梨嘴角沾滿醬汁、弄得髒兮兮的，旁邊坐著一位露出笑容的女性。這個一頭黑短髮，穿著橄欖綠上衣的女人，的確跟藤崎先生長得很像。不知道是不是因為有孩子在面前的關係，她看起來比藤崎先生更成熟穩重。不過他們姊弟兩人的共通點就是外表都比實際年齡年輕，看起來頂多二十五六歲左右。

「唉……謝謝你。」

「你在感嘆個什麼鬼啊？」

「就，覺得很感謝啊……讓我認識到藤崎先生的家人。」

「你也太噁心了吧。」

「你不喜歡嗎？」

「是無所謂啦，你可以再噁心一點。」

「蛤？比方說？」

「聞我內褲的味道之類的。」

「喔……」

「反應好冷淡喔。」

我歪了歪頭。內褲啊，確實是有點尷尬，但也不至於到不會興奮的程度，叫我聞的話我還是很樂意的。

「但我對內褲裡面的東西比較有興趣……」

「你還真是沒有當變態的天分欸。」

「唉，我會努力學習的。」

「哈哈，那我要考試喔。」

我對藤崎先生這個人本身比較感興趣，所以特別在意他說的考試。這也就表示，即使不是現在，但藤崎先生還是打算跟我做愛的，確認到這一點之後我就安心了。這是比變不變態更重要的問題。

藤崎先生繼續滑他的手機。我正打算要起身開始用吸塵器的時候，他又叫住了我，對我說「你看你看」。

「現在的童裝有這麼多種耶，是不是很可愛？」

呃，可是我想去吸地啊……儘管內心這麼想，我還是乖乖湊過去看他的手機畫面。畫面上有各式各樣的小洋裝，問我可不可愛的話我當然會說可愛，但那些跟我實在太無關了，直接這樣說出口又不太好，於是我試圖把話題引導到我感興趣的方向。

「你喜歡這種的嗎？」

「咦？嗯，我想穿穿看。」

雖然藤崎先生的語氣聽起來像開玩笑，但我覺得說不定有部分是真心話。

「我覺得會很適合你喔。」

「哈哈，真的嗎？不過我小時候真的很想打扮成公主的樣子。雖然姊姊也沒有這種洋裝，但我們會拿媽媽的舊蓬蓬裙來穿，然後玩扮家家酒。」

「咦，好可愛喔。」

「有黑色蕾絲的是最高級的，我們兩個會輪流穿，但很少輪到我，因為我很難開口跟姊姊說換我穿。本來想趁姊姊不在的時候自己拿來偷穿，但一直沒有機會。」

我從藤崎先生的眼角看到某個輕飄飄的東西閃過。雖然只有一點點，我甚至以為是我看錯，但的確有個溫柔又甜美的東西閃過。當我還在挑選適當的詞彙時，它就在字與字之間消失了。儘管很快就消失不見，卻在我心中留下深刻印象，無法言喻，也無法回憶。

「我以前很想當公主，一直有憧憬。」

「現在也很適合啊。」

「我？打扮成公主？」

「我覺得很適合……你現在也很可愛啊。」

說完我的太陽穴附近覺得有點充血，因為實在太害羞了。而藤崎先生深邃的黑瞳像在舔舐我的太陽穴一樣直盯著我看，接著，他美麗的唇角往上提了提。

「現在就算了吧，你去吸地啦。」

「是的遵命。」

雖然沒有到滿是塵埃的地步，但看得出來他不常用吸塵器。因為我自己的房間沒那麼多灰塵可以吸，這台吸塵器體積小、聲音也小，吸力又很強，讓我樂在其中。我蜷縮著身體，仔細地拿著吸塵器到處清潔。

「好像灰姑娘喔。」

被這麼一說，我的反應頓時當機。

「……我？」

「然後我是壞心的後母。」

「這樣的話我就不能去舞會了呢。」

「你要一輩子跟壞心的後母生活、每天在家負責吸地嗎？」

「這樣的人生也不錯啊，畢竟每個人對幸福的定義都不一樣。」

「我才不要一輩子當後母，人家要當公主啦！」

藤崎先生故意嘟起嘴唇「哼」了一聲，頓時讓氣氛變得很甜蜜。被冷淡以對或是被敷衍會覺得開心雖然很異常，但就是只有我會這樣。

「藤崎先生好像睡美人喔。」

心情正好的我不禁說出了這種話。拿睡美人這種詞彙來比喻一個人或許有點令人害羞，但用來形容藤崎先生再適合不過了，他就是被荊棘守護而無法觸碰的公主。

「蛤？你是想說我老吧？」

聽起來氣噗噗的發言，讓甜蜜的氣氛瞬間消散。這麼說來睡美人的確是睡了一百年沒錯啦。他竟然能馬上想到那裡去，害我忍不住笑出來。

「你凡事都會想到不好的那一面呢。」

「就算從好的地方說，她也是叫睡美人啊，這個稱呼很惡劣吧？」

「但她也是公主啊，我可不是隨便亂說的。」

「哼，知道啦，王子殿下。」

我又被嚇了一跳，他竟然叫我王子殿下。原來如此，公主身邊都會有王子嘛，睡美人也有她的王子，那個人成功闖進被封鎖了上百年的荊棘之城。

「……他真有勇氣。」

「什麼？王子嗎？」

「嗯，王子。」

「你居然也會想到這些事。」

藤崎先生是怎麼看待我的呢？我沒那麼有勇氣，也沒有跟睡美人的王子相像的地方，也說不上喜歡這個角色。我只是個沒有勇氣的平民，或許配不上沉睡百年的公主。

藤崎先生抬頭看我。他是這麼美麗，看起來又是那麼容易受傷，是個比包覆著他的柔軟白色毛衣更加柔軟、潔白的人，是荊棘中的公主。他用一張混合了信任、撒嬌和不安的表情凝視著我，眼神看似有點害怕，但也帶有一絲無奈。我不想再傷害這樣的人，他不應該受到傷害。然而，要傷害他這種事太容易想像了，而且可能性也顯而易見，我實在無法抑制自己的想像。一瞬間，我的頭腦像要打結似的。我不是什麼王子，王子肯定不會想到這種事情。

「藤崎先生。」

「嗯？」

「我喜歡你。」

藤崎先生露出咯咯的笑聲，害羞地小聲說：「我也是啊。」

這個人實在太可愛了，而且我也相信他的確需要一個王子，平民如我只好繼續去吸地。

當我聽到藤崎先生說「像跟公主做愛一樣跟我做」，我整個人愣住了。藤崎先生把我推倒在床上，整個人趴在我身上抱住我的脖子。我剛剛打掃完他的房間，現在整個家變得非常乾淨。

「這個姿勢有像公主嗎？」

雖然期待已久，但這個車速太快我跟不上，所以只好先胡說八道一通。

「我是積極的公主喔。」

好可愛。

「明明還有一百種公主可以當。」

「但我就想要當這種嘛。」

藤崎先生哼了一聲。好可愛。他裝可愛好可愛，讓我全身癱軟。但他已經夠可愛了，不用再裝可愛也行。不對，我希望他更裝可愛一點。我自己也搞不懂想要哪種了。我癱在床上，藤崎先生「啾」地吸住我的嘴唇。雖然這種吻法超級可愛，但也讓我明確感受到接下來會發生什麼事，害我一下子就硬了。被藤崎先生稱讚的雞雞，脹大成與公主格格不入的硬度跟尺寸，壓迫著他柔軟的下體。

「嘿嘿嘿。」

藤崎先生既是可愛的公主，又是變態哥哥，坐在我身上擺動他的腰，還一邊開心地笑著，害我像隻狗一樣一直呻吟，差點就要射了，還好我拚命忍住。王子應該不會早洩吧。不過既然王子都跟睡美人生小孩了，應該是會勃起也會射精的吧。我拚命亂想一些有的沒的來轉移注意力。

「欸欸，玩一下人家的胸部嘛。」

不知道是不是玩膩公主人設了，藤崎先生一邊這麼說著，一邊把內衣跟毛衣一起提起來。看見久違的肌膚讓我瞪大了眼睛，那纖細潔白的腰身，和橢圓形的可愛肚臍。雖然藤崎先生的每一處肌膚都很漂亮，但看見平時被衣服遮住的地方難得露了出來，就像剝了皮的水果，水潤多汁得令人食指大動。堆積的口水讓我喉嚨發疼。

或許是感受到我的慾望，藤崎先生的眼神也變得更加深邃。他慢慢把毛衣往上捲，終於露出他的乳頭，那在潔白胸部上的淡紅色蓓蕾。人類的身體竟然可以長出這麼可愛又色情的東西，真是太神奇了。他小小的乳暈有些突起，但乳頭卻小得幾乎看不見，連輪廓也看不太清楚，顏色就像被咬過一口的草莓般鮮艷。雖然形狀不太清楚，顏色卻很鮮明，我覺得這種胸部超色的，好像就是為了引誘男人去玩弄而生的乳頭。

捲起上衣的藤崎先生、在我面前的乳頭，還有為了我所表演的脫衣秀，這一切都太熱情了，令我感到不切實際。我好像腦袋的核心被麻痺了一樣，一直呆呆地盯著藤崎先生的胸部看，他驚訝地噗哧一聲笑了出來。驚訝的時候他漲紅的臉頰好可愛。

「來，張開嘴巴，啊——姆。」

「啊——姆。」

我被突如其來的幼兒語嚇了一跳，但還是乖乖地「啊——姆」張開嘴巴。藤崎先生就順著我的身體稍微往上爬，把他的乳頭放在我口中。

「要不要吸吸看？」

他用如此甜美又有趣的聲調對我下指令，我也只能服從了，就「啾」地吸了一口。

「啊。」

藤崎先生尖叫了一聲，挺直了背，我則把他的腰緊緊抓住，盡情地吸吮、舔舐他的乳頭。眼睛看不清楚小小乳頭的形狀，我就用舌頭去感受。藤崎先生的雙手抱著我的頭，用手指用力地抓住我的短髮，還滿痛的。那股痛覺讓我想起小時候打架的情景，應該是小學低年級左右的事了。他像個大人似地誘惑我，又像孩子似地抓我頭髮，好可愛。他的乳頭小到即使在我口中也很快就感受不出具體輪廓，於是我就改用牙齒去描繪。

「唔、唔啊，啊、啊、啊，再、再用力一點，用力咬我。」

我聽從公主大人的要求，在不傷害他的前提下慢慢加大牙齒的力道。藤崎先生的口中一邊發出低沉的呻吟，腰還緩緩地搖動著。我既想要粗暴地對待他，又想要對他溫柔。我用堆滿口水的舌頭舔舐他的乳頭，一邊解開藤崎先生腰間的鈕釦，拉下拉鍊之後，我感覺到被擠壓在褲襠裡的黏膩空氣跑出來，纏繞在我的指尖，過了一會兒才聞到一絲性器的味道，藤崎先生的味道，最近已經好久沒聞到了。他的味道比我淡很多，像小草的果實被擠破的味道。

「嗯，啊、啊……」

藤崎先生抱著我的頭，一邊發出很有感覺的聲音，一邊擺動他的腰，讓我可以輕鬆脫下他的內褲。他的動作流暢又俐落，讓我不禁思考這個人到底做過多少次這樣的動作。

「好痛！」

完蛋了。

「對不起！」

我的牙齒不小心咬得太大力了。從耳朵到眼角都在發紅的藤崎先生，用淚眼汪汪的大眼睛瞪著我。

「我明明叫你要用對待公主的方式對我！好痛！」

「對不起……很痛吧。」

「你不對我溫柔一點的話就不做了。」

「好，對不起，我會溫柔一點的。」

「要溫柔喔，親親。」

這個人在做愛的時候講話會變得幼稚，是故意的嗎？我在公主大人嘟起的雙唇上「啾」地親了一下。如果他是故意的話也太厲害了，他完全挖掘出我自己也不知道的癖好，並且還實際演練。我整個人都在他的手掌心裡了，我覺得這樣很好，但我也想把他掌握在我的手掌心裡。我希望他再也不要跟其他人做愛，不要他跟其他人索求這麼孩子氣的親親，也不想要他對其他人敞開一切。我不相信他說那一切都已經過去了，但我又無可奈何，只好盡量不去想這件事。藤崎先生緊緊抱著我，彷彿除了我之外他沒有人可以依靠。實在是可愛得要命，我再也不會放手讓他去其他地方。

「大——山。」

在吻與吻之間他喊了我的名字，歪著頭看我。怎麼了？

「順。」

像是確認觸感般，他叫我「順」。在我的頭腦感覺到開心之前，肺部下方突然揪痛了一下。順，那是我的名字。

「晶先生。」

我這麼說完，他就呵呵呵地笑了出來。晶先生。

「阿——晶。」

我不禁也試著用這個稱呼叫他。我沒有用這種方式叫過別人，自己也笑了出來。藤崎先生也呵呵地笑著，整張臉都染上了粉紅色，像個天真無邪的孩子。

怎麼會這麼可愛呢。

「好喜歡你。」

他用孩子般天真無邪的語氣說完這句話之後，便開始用腰部磨蹭我的身體，這完全是針對我的弱點所做的動作。我一邊維持著兩人的姿勢，一邊把自己的衣服脫掉，藤崎先生也把掛在身上的衣服徹底脫光了。他潔白的身體閃閃發亮，雖然體型纖細，但胸部跟屁股都有柔軟的美肉，體毛也很稀疏，幾乎沒什麼陰毛。

「摸這裡。」

「嗯？」

他的講話方式突然變得像平常一樣，害我笑了出來，同時也讓我興奮。做愛的時候變得判若兩人會讓我興奮，但跟平時一樣的藤崎先生也會讓我興奮。我輕輕地往靠近陰毛附近潔白光滑的下腹部摸去。

「你有做除毛嗎？」

「你現在才發現？我早就做全身除毛了。」

「咦，是喔。」

「騙你的啦。我本來就沒什麼體毛，但這邊我有自己處理。」

「你腋下也很光滑耶？」

「哪有光滑，你仔細看。」

藤崎先生忽地舉起手，露出潔白的腋窩。原本以為是很光滑的腋下，的確有一些細毛被汗水沾濕，緊貼在他的肌膚上。我把臉湊近嗅了一下，平時幾乎聞不太到的體味都濃縮在這，讓鼻腔充滿刺激感。我舔了一下。

「唔啊！」

藤崎先生發出出乎我意料的尖叫聲。我伸出舌頭又舔了一次，跟聞起來的味道一樣，舔起來也有點刺激舌尖的感覺，像是小孩子的汗味。我用舌頭舔著那些細毛。

「唔唔……你在幹嘛啦……」

雖然他嘴上在罵我，但手還是乖乖舉著讓我舔。我輕易地就翻轉姿勢，把藤崎先生放倒在床上，繼續舔他腋下。

「變態……嗯哼。」

比起喘息，他更像是被搔癢而發出笑聲。我還是第一次看到他有這種反應，不禁開口問他。

「你是第一次被舔這裡嗎？」

我原本心想搞不好是，但一問出口又馬上感到不安。

藤崎先生語焉不詳地回答我：「咦？腋下？嗯……」

啊，原來不是第一次啊。

我像一隻垂下耳朵的小狗，頓時失去興致。藤崎先生笑著摸摸我的頭。

「不舔了嗎？」

「要舔。」

突然停下讓我有點後悔，就頂了他一句。

「好的，請用──」

藤崎先生毫無防備地再次向我展開他的腋窩，我慢慢地舔舐著。他的汗味消散得很快，只剩下我自己的口水味，還有他稍微起了雞皮疙瘩的柔軟肌膚上的味道。藤崎先生一邊呻吟著，一邊扭動他小小的身軀。

「啊！」

我捏了一下他的乳頭，他就發出這樣的聲音。我的手一邊在他乳頭上愛撫、輕捏，用指甲輕輕按壓，舌頭一邊舔著他的腋下。藤崎先生的聲音跟動作開始變得不一樣了，潔白的身體已經布滿汗水。即使這樣我也全都想舔。

「啊、那個、不要了！不行！」

藤崎先生一邊發出可愛的呻吟，一邊扭動身體這麼對我說，我就從他的腋窩裡抬起頭來。嘴巴因為一直張開害我下巴好痛。

「笨——蛋。」

藤崎先生吸了一下鼻子，像個走失的孩子找到大人似地緊緊抱著我的脖子。好可愛。我的臉上沾滿口水和汗水，整個濕答答的，實在醜到無法見人，但心裡那股對他有點抱歉的心情，卻被「好可愛」完全打趴了。為了不要讓這樣的心情混入一絲「想讓他哭」的雜念，我摸摸他的頭，在他的太陽穴上親了一下。不知道他能否感受到自己是被愛著的呢？我想把我擁有的一切都給他，但我所擁有的東西裡也參雜了一些不太好的，有時候就這樣不小心把包含不好的部分全都給出去了。我想用愛公主的方式愛他，但我又覺得自己好像愛不了，因為我不是王子。

「……你在哭嗎？」

我反射性地「咦」了一聲，這才發現自己在流淚。為什麼他會發現呢？他能察覺到我在流淚我很開心，同時也感到害怕。

「……才沒有。」

藤崎先生笑了笑。

「乖寶寶乖寶寶。」

誇張的是，藤崎先生用甜美的聲音說完之後，就開始摸我的雞雞。這太令我混亂

「我喜歡你。」

我邊說邊流著眼淚。藤崎先生用嘴唇把我臉上的淚珠吸走，對我說：

「我也是喔。」

藤崎先生也哭了。真是個愛哭鬼公主，我的公主。雖然我不是王子，但藤崎先生是我的公主。我用被淚水沾濕的嘴唇跟他接吻。

「我喜歡你。」

我的心好痛。明明有更想說的話，卻只說得出這一句。我自己也搞不清楚到底更想說的是什麼。我喜歡你、你好美、你好溫柔、你好可憐、想一直跟你在一起，雖然不知道能不能一直跟你在一起。把這些感受分解得更細碎之後，就會搞不清楚最初的感覺是什麼了。

藤崎先生像是遵守某種既定流程一樣，慢慢地倒到床上，躺在我的身下，用他纖細的雙腿纏住我的腰。

「來嘛。」

只要藤崎先生這麼說，不管叫我去哪我都去。我將雙唇疊上那副為我張開的雙唇，用腰部的擺動回應他的請求，然後深深進入那為我準備好的蜜穴。所觸之處全都非常舒服，太完美了。藤崎先生的柔軟緊緊吸住我的堅硬，他的身體又軟又溫暖，也完全知道該怎麼動，能讓我爽到最高點。我每動一下，藤崎先生的體內就會顫抖起來，一邊發出愉悅的呻吟。完美，一切都太完美了，讓我愛得要死，愛得無法自拔，但，為什麼，又覺得悲傷呢？我覺得又快樂又幸福，但又悲傷。儘管我們已經如此向彼此坦承、彼此如此緊密相貼、如此為彼此奉獻，但我終究不是藤崎先生，我無法替他實現他所有的願望，也無法替他消除他所有的苦痛。

「嗯？」

不知不覺間，我軟掉了。

「累了嗎？」藤崎先生一邊笑著說，一邊摸著我的頭。他應該知道我並不是因為累，但因為他的溫柔，讓我又哭了出來。好丟臉，好想原地消失。藤崎先生輕輕地離開我的身體，盯著哭個不停的我看。藤崎先生的雞雞也軟掉了。

「我說你啊。」

「嗯。」

「變得像我了呢。」

我嚇了一跳。我知道自己變得不一樣了，但沒想到是這樣的改變。我擦乾眼淚，怯怯地問了一句。

「這是……好事嗎？」

「我哪知道啊。」

是嗎。

「雖然我不覺得是好事……」

藤崎先生迷惘地垂下雙眼，然後接著說：

「我是很開心啦，因為你……跟我……該怎麼說呢，現在有了關係……」

他的用字遣詞很慎重，我覺得很好。我們之間有關係，我們是有關係的啊。我的心情、我的人生，都跟你有了關係。

「我不是指肉體關係的意思喔。」

看到藤崎先生一如往常的吐槽，我忍不住噗哧一笑，藤崎先生也跟著笑了。好喜歡，我心想。好喜歡。如此簡單的一句話，每次想起都有不同的意義。好喜歡。

「那肉體的部分也再來一次，好嗎？」

我吸了吸鼻子，問了藤崎先生。

「哼，還真有幹勁。」

「老實說，我一直都是幹勁十足的喔。」

「我會好好接招的。」

「請好好接住喔。」

「好——的，請用。」

說完，藤崎先生就毫不猶豫張開雙腿，害我差點噴出鼻血。我慢慢地進入他，慢慢開始動了起來。這是目前為止最安靜的一次性愛，我這才知道原來還能這樣做愛。我們兩人不發一語，只專注在彼此身體的連結。藤崎先生一邊發出小小聲的呻吟，一邊緊緊抱著我，彷彿像是第一次做愛，又像是經歷了一切之後的做愛。這是我們成為戀人之後的第一次做愛。在這之前，無論如何都覺得藤崎先生像是個遙遠的存在，但現在，或許是我第一次真切地感受到他就在這裡。我們之間有了關係，我們正在做愛，我們為了彼此獻出自己的身體正在做愛。我們滿身大汗，兩人在不知不覺間都射了，在那之後又緊緊相擁了許久。兩人十指交扣，沾滿精液的肚子貼在一起。藤崎先生不論是汗味還是精液的味道都很淡，完全沒有臭臭的男人味，世上竟然有這樣的人存在，真是不可思議。他的每一寸身體都美得無懈可擊，就算說他只喝露水我也會相信。如果我是中國古代的皇帝，會為了得到這個人而不惜挑起戰爭擊敗他國。這樣的人竟然是我的戀人，而且就在我的身旁。

「阿晶。」

我鼓起勇氣這樣叫他。

「嗯？」

這樣回答的藤崎先生簡直可愛得完美。

「順，幹嘛？」

藤崎先生喊得還不是很順口，看他有點害羞的樣子，真可愛。他裝可愛的時候很可愛，不裝可愛的時候也可愛，不管怎樣就是可愛。我的腦子變得一片空白，而我的雞雞還在這個人體內，這到底是怎麼一回事。

「我喜歡你。」

儘管如此，我能說得出口的只有這一句話，我能給的也只有這個笨拙的我。但我可愛的公主，仍然露出了一個無比喜悅的笑容，對我說：

「我也是喔。」

「方便問你一下嗎？」

山本小姐來向我搭話。

時間是晚上七點多，雖然還不算很晚，但大家都已經下班了所以沒什麼人在。我心頭一驚，之前那件事算是解決了，但不知道是不是又發生了什麼事。

「怎麼了？」

我壓低聲音回應她，山本小姐則面無表情地問我。

「大山先生，你跟藤崎先生在交往嗎？」

我噗哧一聲，山本小姐則露出「哇……」的表情。不知道她是不是放鬆戒心就會變得面無表情的類型，最近她跟我說話的時候都滿冷淡的。我是無所謂啦。我清了清嗓子，讓自己冷靜下來。

「呃……你為什麼會這樣覺得呢……」

「最近藤崎先生的感覺變得不太一樣了。」

果然如此啊。

我努力不讓自己的聲調或態度洩漏出同感。藤崎先生跟我交往之後變得，該怎麼說呢，嗯，可愛。雖然原本就很可愛，但他變得更可愛了。原本被壓抑在俐落西裝和髮型之下的可愛，從眼角的下垂度跟歪頭的方式這些地方跑了出來。只要他在的地方，空氣似乎就變得蓬鬆柔軟，還充滿酸酸甜甜的可愛感，讓人看了就心癢癢。周遭的人似乎開始察覺到藤崎先生變得不太一樣。雖然老實說我對此的確有點得意，但也感到不安。不只女生，就連男生也開始察覺到藤崎先生有這種改變。雖然他本來就是個人氣很旺的人，如果不小心跟他變得太靠近，原本那些令人心動的瞬間就會不見。現在的他讓人感覺，除了是一個長得標緻又可愛又溫柔又可愛又有點性感，而且還很親切的大哥哥，就算不是像我這麼遲鈍的人也會向他靠近。怎麼辦呢……原來跟可愛的人交往，就會有這些風險啊……

「你們在交往嗎？」

她用一種「就算不問我也已經知道了」的態度又問了一次。

「我無可奉告。」

總之我也只能這樣回答。雖然我覺得讓山本小姐知道也完全沒關係，而且藤崎先生應該也是這麼想的，但這只是我主觀的猜測，藤崎先生是否真的不在意也得先問過他才知道。山本小姐一副「齁～」的表情，我頓時覺得有點害羞，然後突然一驚。

「欸，難道有什麼流言嗎？」

我跟藤崎先生在公司完全沒有什麼親暱的互動。我是這樣覺得啦。雖然我自己這樣覺得，但跟他講話的機會確實比之前增加了，而且如果有人說我每次跟他講話時都害羞到不行，我也難以否認。雖然我覺得已經很小心了，但我本來的個性就很大剌剌，而且老實說，我內心的確希望可以讓大家都看見我跟他是一對。我們沒有討論過要不要公開，單純只是因為沒有討論的機會而已，但就算有，我的心願也可能沒有為藤崎先生著想，良心上也過意不去。雖然不確定這樣說是否正確，但我認為溝通並不是一件公平的事情，因為通常打架很厲害的人，也很擅長溝通，而我很會打架。如果我都這麼小心翼翼了卻還是傳出流言，那一切就失去意義了，得趕快收拾局面才行。

山本小姐對著慌張的我笑了笑。

「我只是一直都很關注藤崎先生而已。」

「啊。」

山本小姐盯著一臉訝異的我看，接著像是要甩開什麼似地搖了搖頭。

「對不起，是我多嘴了。」

「不會……沒關係的……只是我……」

山本小姐對著結結巴巴的我點了點頭說：

「我什麼都不會告訴藤崎先生。」

「啊，好的。」

她真聰明，觀察力真好。山本小姐果然一點小事都會馬上發現，比方說客戶想問卻又難以啟齒的事情之類的。這就是打架很弱的人才會做的事吧，我這麼想著，卻被自己的想法嚇了一跳。過去的我看過很多「這種事情」，現在都一一找到了意義。世界並不是如我所想的那樣，在這之中，或許有更多悲傷的事物，彷彿理所當然。不，不對，或許我都已經看在眼裡，而把它們當作理所當然。比方說山本小姐、藤崎先生，從一開始我就知道世界上有這些脆弱的人存在。我並不是現在才發現這些事情，而是直到現在才發現過去的我對這些事實視而不見。

「雖然不知道你們是不是在交往，但還是請你要好好珍惜藤崎先生喔。」

「咦、啊，嗯……」

明明我應該自信滿滿地答應她，卻無法做到。看著這樣的我，山本小姐笑著說：

「大山先生的話一定沒問題的。」

真的是這樣嗎？要好好珍惜一個人，或許是人類做不到的事。我一邊這麼想著，還是一面笑著對山本小姐說：

「謝謝。」

說完我對她露出一個讓她安心的表情。

♡

藤崎先生買了一件可愛的大衣，很可愛，而且很貴。我陪他一起去百貨公司逛街，他把想買的那件大衣披在身上露出可愛的笑容，別說我了，恐怕就連男店員都看呆了。他看起來既高興、驕傲，又有點害羞跟膽怯。我大聲地說：「很可愛喔！」藤崎先生就笑了笑。我本來想買給他，但他堅持要刷自己的卡。

「這間店每年都會出這種大衣喔。」

「這樣啊。」

「我每年都想買，但每年都沒買到，冬天就過完了。」

店員把大衣的標籤剪掉之後，很親切地幫藤崎先生穿上。

藤崎先生小聲地「哇……」了一聲。

我悄悄地小聲說了句：「好可愛。」

店員也同意我，應了一句：「對啊真可愛。」

店員是個看起來三十歲上下的帥哥，穿著粉紅色的毛衣，留著時尚的鬍子。搞什麼嘛，不准你說他可愛。但看到藤崎先生對店員毫無興趣的樣子，我就鬆了口氣。不知為何，我覺得藤崎先生好像不喜歡對時尚有興趣的男生，他似乎喜歡頭腦簡單、四肢發達、體型壯碩……還有雞雞很大的男生。我都符合。但我也只是符合這些條件而已，畢竟喜歡的菜是會變的。在我遇到命中注定的他之前，我對體型纖細、長相標緻、愛嗆人又溫柔、又可愛又容易受傷的男人完全不感興趣。即使現在的我對藤崎先生以外的人完全不感興趣，但他未必是這樣想的。

「走吧。」

我命中注定的他對送客的店員輕輕點頭致意，隨後跟我並肩走著。原本穿來的灰色大衣裝在大大的紙袋裡，由我拿著。

「真可愛呢。」

回到沒有外人的狀態，我又對他稱讚了一次。新買的大衣是接近橘色的棕色系格紋，作工跟版型非常精緻，看起來就很貴的樣子，但花色跟設計卻是即使我這個年紀都覺得有點太年輕的款式。不過，穿在髮型飄逸的藤崎先生身上非常合適，既可以襯托他明亮潔白的肌膚，稍微有點重量感的大衣對比他纖細的長腿真是太棒了。不只是穿的人顯得可愛，就連我這個欣賞的人都感到開心。好可愛……

「我好想買這件喔，想很久了。」

藤崎先生的聲音聽起來有點興奮，他抬頭望著我對我笑。沒錯，最近的藤崎先生也會這樣對我笑了。真可愛。

「能買到真是太開心了。」

之前沒能買到，應該不是因為價格或是錯過購買的時機這些理由吧。這件格紋大衣是淺色的，藤崎先生的私服大多都是黑或灰色這類比較低調、能夠顯出他身材曲線的衣服，成熟又性感，跟他很搭。如果藤崎先生是藝人的話，可能會選擇那樣子的衣服，幸好藤崎先生不是藝人，他真正想穿的也不是那樣的衣服，而是色彩明亮又可愛的衣服。耀眼的他可愛得簡直要令我落淚。

「跟你超搭的喔。」

我只說得出這句話。

藤崎先生卻「嘿嘿」可愛地笑了出來。真的好可愛，除了可愛以外我找不到其他詞彙，而且他越來越可愛。

「啊。」

我想起了某件事情，發出了一聲驚嘆。

「嗯？怎麼了？」

「啊……有一件事一定要問你，我們找個地方吧。」

「摩鐵？」

「可以讓我們好好聊的話，是也無所謂啦。」

「我會忍不住的，還是不要去好了。」

儘管我們開著黃色玩笑，我內心卻燃起一股認真的期待……雖然這麼想，兩人還是在百貨公司裡找了間義大利餐廳坐下。吃午餐太晚、吃晚餐太早的這個時間，人潮可能都集中在咖啡廳了，所以餐廳裡沒什麼人。我們坐在半開放式包廂裡，藤崎先生點了卡布奇諾，我點了拿鐵跟義大利圓頂蛋糕。店員把蛋糕放在藤崎先生面前，他又笑著把蛋糕重新換到我面前。

「你喜歡吃甜食呀？」

藤崎先生的食量很小，而且好像不太喜歡甜食。

「應該說我喜歡吃點心，當然甜點也喜歡啦。」

「果然是男生……」

我不懂他說果然是男生是什麼意思，但他說話的語調有點曖昧，我覺得很棒。我一邊吃著蛋糕，一邊跟他提起山本小姐好像有點懷疑我們的關係這件事。

「啊啊……她直覺還真準呢。」

「好像是呢。」

我決定不把山本小姐的心意告訴他，畢竟那不是我該說的事，而且我不想讓藤崎先生知道。我不想讓他知道有其他的可能性。

雖然藤崎先生可能會覺得只有我喜歡他，但我比他更清楚，事實完全不是如此。我希望他繼續對這件事保持無知，這是我任性的心願。

「雖然這件事好像還沒傳開，但還是得想想接下來該怎麼辦吧。」

藤崎先生像在偷看我似地，仰著頭一直盯著我看。

「咦，怎麼了嗎？」

藤崎先生將視線往下。每當他做出這種表情，長長的睫毛就在他臉上落下濃密的影子。太美了，美得像個不祥之兆，彷彿我面對的不是一個人，而是一股即將迎面而來的戲劇性場景。我握著叉子的手心冒出手汗。

像是要緩和氣氛似地，藤崎先生「嘻」地笑了一聲。鬆了一口氣的我也放輕手中的力量，把叉子放在桌上。

「沒什麼啦，我只是在想，除了分手跟隱瞞，應該還有其他選項吧。」

「有的！」我大聲說著。

「不要這麼大聲啦。」

對不起。我聲音真的很大，大到整間店都聽到了，連遠處的店員都露出一副「咦，怎麼了……」的表情往我們這邊看過來，我只好低下頭。對不起。

「一定有的。」

我又小聲地咕噥了一次。

藤崎先生看著我，露出有點開心又有點煩惱的笑容。

「那也包含不隱瞞、要公告周知這些選項嗎？」

「有喔。」

因為沒辦法太大聲，我只好握住藤崎先生放在桌上那雙白皙的手。他的小手冰涼又纖細，我像要替他暖手般，用兩隻手緊緊握住。藤崎先生越發困惑地望著被握住的雙手，但沒有拒絕，任由我握著。這樣子算是拿我沒轍了呢，還是信任我呢？

「我想要一輩子都跟藤崎先生在一起，也想去跟你的父母打聲招呼。」

話說出口之後，我自己才發現，咦，原來我有這種想法啊。並不是說我沒有這個打算，而且我很早就有這個決定了，只是覺得好像還不到可以說出口的階段。但或許也根本沒有什麼階段不階段的，既然我已經決定了，任何時候說出口都是最佳時機。

藤崎先生笑了。隨意路過就入座的餐廳，喝了一半的咖啡，吃了一半的蛋糕。我跟我心愛的人在一起，已經別無所求。我是這樣想的啦，藤崎先生是怎麼想的呢？

「那就……這麼辦吧。」

我的眼淚突然一湧而出，視野都變得扭曲。我趕緊擦掉眼淚。

「哭屁啦。」

藤崎先生這麼說著，下眼瞼也有點濕濕的。

我逐漸習慣藤崎先生家的狹小床鋪了。我幫他打掃過一次之後，藤崎先生就一直保持著房間的整潔，雖然不大，但是一間舒適又乾淨的房間。我也有一些衣服放在他家，每當在他家換衣服的時候，我總是暗自竊喜。

「這間怎麼樣？」

藤崎先生躺在我的手臂上，把手機拿給我看。我的腿上纏著藤崎先生的腿，有時候他會像是在確認雞雞還在不在似地，用大腿磨蹭一下我的股間。我知道那不是做愛的邀請，只是想表達親密感的某種逗弄而已。雖然我的腦袋可以理解，雞雞卻完全無法明白……我只好拚命忍住。這樣挑逗我的藤崎先生，實在太可愛了，真是個天真無邪又可愛的人，像公主一樣。公主大人，您就隨心所欲吧……

「我覺得不錯。」

「你有認真在看嗎？」

藤崎先生嘟起嘴巴。真可愛。

「呃……我覺得不錯啊，這條電車路線開到很晚，回家很方便，而且在車站另一邊，治安也不錯。空間我覺得也夠大。」

「住兩人的話不會太小嗎？沒有兩間臥室耶。」

「咦？我還需要自己一間嗎？」

「不用嗎？那吵架的時候你要睡哪？」

「走廊……」

「至少也睡在客廳吧。」

「如果吵架的話，在你睡前我會一直跪在走廊，希望到你要睡覺的時候就可以和好了。因為我想跟你一起睡。」

藤崎先生像是笑我是個笨蛋似地，「呵」地笑了一聲。我也覺得自己是個笨蛋，但在吵架之後，我不忍心讓他自己一個人睡覺。如果是平時的話，他想要自己睡那我就會讓他自己睡，但吵架之後的我沒辦法。我無法讓他獨自一人。

「好吧，那這間應該就可以了，就選這間吧。」

藤崎先生溫柔的聲音，讓我的內心感到舒適又溫暖。藤崎先生在我下巴親了一下，我則在他的額頭上回應一個吻，他有點害羞地笑了。好可愛……

藤崎先生盯著發呆的我看。

「真的好嗎？」

我知道他指的不是房子的事情。

「什麼事？」

「不隱瞞跟公告周知，還是不太一樣吧。」

如果住在同一個屋簷下，就瞞不過公司了。我已經打電話告訴父母，說我跟一個男人在交往，我媽說「這也沒什麼啦」，但我其實不知道她內心究竟怎麼想的。近期我們會去彼此的家裡拜訪，我應該會見到藤崎先生的外甥女，真令人期待。藤崎先生說，她應該會穿上次說的那件可愛小洋裝，這也讓我很期待。還得去買伴手禮。

「對我來說，我覺得沒什麼太大差別。」

「是嗎？」

藤崎先生緊閉雙唇，低頭不語。我等了一會，他還是沒有要說話的意思。

我試探了下。藤崎先生抬起頭來一臉茫然地看我，微微笑了一下。

「你會害怕嗎？」

「或許吧……我可能在害怕吧。」

「害怕的話就先不要？我不急，時間上都可以配合你。」

藤崎先生仍然維持著臉上的笑容，眼睛變得濕潤起來。我立刻把他抱進懷裡，摸著他的頭。他有纖細的身體，輕柔的秀髮，我不想讓任何悲傷或恐懼接近他。

「我並不是……不想讓別人知道我是同性戀，不是這樣的。我只是……覺得對你……

有點過意不去。」

「我也是gay啊。」

雖然還有點不習慣說出口，但我還是試著說出來了。Gay，我已經完全是個gay了。藤崎先生是男的，而我只對男人有慾望，既然如此，我就是個gay吧。這樣就夠了，除此之外沒什麼好說的了。如果要說我不想成為gay的理由，大概就只有藤崎先生以為我是「直男」但我那天好不好死對著藤崎先生勃起了，而這似乎很合藤崎先生的口味，除此之外沒有其他理由了。

「是我害的嗎？」

「藤崎先生是個又漂亮又可愛又溫柔又是個這麼好的人，所以我喜歡上你，但這不是你害的，是我自己的問題。」

「你還真是男子漢咧。」

我知道我自己沒那麼男子漢，我希望可以更男子漢一點，但如果我變得更男子漢的話，這個人可能從一開始就不會理我了。我能抱住這個人，都是偶然。我們偶然地走到了這裡，偶然地無法離開彼此。

「我很幸福喔。」

藤崎先生把臉埋在我的胸口說。

「我知道。」

「但是，幸福讓我好害怕。」

我流下眼淚。藤崎先生為什麼會這麼想，老實說，我真的不知道確切的原因，因為我不是他，但他卻一直抱著這份恐懼。無論我有多麼希望他不要這麼想，但會怕的事物就是會怕。我可能也稍微有點害怕了。這還是我第一次對幸福感到恐懼，之前從來沒有想像過。我害怕的不是今後的未來，而是被我懷裡的藤崎先生所影響。我開始變得有一點像他了，他把我變成了不像我的人。

「沒事的。」

我對藤崎先生這麼說。內心的某處冒出一句：「真是不負責任啊。」

「有我在，沒事的。」

我心想，我在說什麼啊，太不負責任了吧，明明沒有百分之百的信心，為什麼可以說出這種話呢？

「沒事的。」

我抱著藤崎先生。我好喜歡、好喜歡、好喜歡這個人，想用盡一切去珍惜他，所以，我會把有事變成沒事。我自己的不負責任，由我自己負責。

「……真是不負責任啊。」

藤崎先生用沙啞的聲音說。我笑了笑。果然，我們變得越來越像了。

「但是，會沒事的。」

「……是嗎？」

藤崎先生抬起頭。被淚水沾濕的臉龐美得讓我驚呆了。如此無比美麗的臉龐朝我的臉靠近，他小小的嘴唇覆蓋在我的唇上，被淚水沾濕的嘴唇冰冰涼涼的。他的雙唇輕輕地在我的唇上蓋了一下，像是做了某種約定。

「有你在，應該會沒事的。」

看得出來藤崎先生並不完全相信這件事，儘管他不完全相信，還是對我這麼說。我一定會記住這句話，絕對不會忘記。我會親手填補不足以令他相信的部分，讓一切都真正地「沒事」。

「因為你是我的王子。」

「王子……」

「難道不是嗎？」

睡美人的王子，讓我困惑了一下。我的公主露出溫暖的微笑，抬頭看著我。

「睡美人的王子……不是那個了嗎？」

「嗯？」

「他不是明明不知道城裡有誰還跑進去嗎？之前聽你說的時候，我就心想，如果是我的話應該沒辦法這麼做吧。」

「咦？」

我明明是抱著一絲覺悟說出這番話，藤崎先生卻笑了出來。

「我說啊。」

「你說。」

「如果你知道荊棘之城裡面的人是我的話，你會來嗎？」

「那我應該會去吧。」

藤崎先生一直盯著我看。我總覺得那個眼神跟平時的凝視不太一樣，雖然也有可能是我的錯覺，但他似乎是用一種迷戀的眼神望著我，就像是公主望著前來救他的王子一樣，好、好、好、好可愛……這不是現實世界吧……這簡直就是童話故事啊……他太可愛了，可愛得讓我暈頭轉向。就在這股可愛又甜美的空氣中，公主對我微笑。

「……那你就是王子啊。」

「……因為我披荊斬棘去城堡救你嗎？」

「嗯。」

藤崎先生一邊點頭，一邊露出「算了啦就算你不懂也無所謂啦」的表情。欸不是，雖然我不懂但我還是想懂啊。

「可是，在這種條件之下，大家都會去救你吧。」

「咦？」

「雖然不知道城堡裡還有沒有其他人，但只要藤崎先生在裡面的話，應該會有很多人願意去吧。說大家都會去是有點誇張，但應該很多人會去……」

「是喔……」

比方說山本小姐之類的。我差點要脫口而出，但想到我已經決定絕對不提這件事，腦子一轉，竟然就說出了連我自己都意想不到的話。

「之前跟藤崎先生上過床的人之中，一定有的吧。」

「唔。」

「我不是在虧你喔。」

我真的沒有這麼想，聲音卻不自覺地變得低沉。我內心的嫉妒，尤其是對過去的嫉妒，這些都不是藤崎先生的問題。我做了個深呼吸，讓自己冷靜下來。

「不過，我覺得一定有的，一定有真心喜歡藤崎先生的人，不可能沒有的。」

「或許吧……」

垂下眼的藤崎先生小聲地這麼說。或許他想起了某個男人，一個能幹、真心喜歡藤崎先生，但比我稍微不幸一點的男人。雖然我無法想像得很具體，但不可能沒有這種人。因為大家都喜歡藤崎先生，只要他喊一聲「救命」，所有人都會衝進被荊棘包圍的城堡裡，不必非得是我不可。這一切，真的只是偶然。你就是公主，不需要得到誰的認可，就算你獨自一人，也一直都是公主。但是，我不是王子。

「可是。」

藤崎先生小聲地說。

「說到底，你就是我的王子啊。」

我的王子。藤崎先生看著我，長長的睫毛下，淚光像寶石般閃耀。這雙眼睛一直盯著愚蠢又搬不上檯面又沒用的我，即使如此，他還對我說我是他的王子。他在我的頭頂替我戴上王子的王冠，這頂王冠誰也看不見，卻無比尊貴。我會一輩子戴著這頂王冠——在我腦中竟然出現了這種略帶詩意的想法。

「那，我就是了。」

「嗯。」

我們擁抱著彼此。抱在一起，就會發現我的身體跟藤崎先生的身體截然不同，是在不同地方用不同材料由不同的人做出來的。雖然有著相同的功能，卻完全沒有相似的地方。儘管如此，我們還是可以在一起，在這張小小的單人床上。我抱著很自然把身體蜷縮在我懷裡的你。明明我之前從來不曾想像過這種情景；把比我年長、工作能力又強的男人當成公主，而我則成為他的王子，這種事情想都沒想過。今後會怎樣我也不知道，就算不知道，但我們在一起，這樣就夠了。這樣就夠了，只要這樣就好，真的，別無所求。我只能這麼做。

我們都感到不安，但毫無疑問地，還有幸福。不知不覺間，藤崎先生發出了熟睡的鼻息。還有很多話想說，但可以明天再說，還有明天。我關掉電燈、蓋上棉被，自己也準備要睡了。我在藤崎先生的眼角親了一下。昏暗的房間裡，可以隱約看見藤崎先生潔白的臉龐，即使閉上眼也能看見。我就這樣睡著了。

啊，他在呻吟。

我這麼想著，便睜開了眼睛。我躺在床邊，藤崎先生躺在我身旁背對我睡。夜呻吟，藤崎先生的呻吟聲，像是某種振動般的低沉聲響。我已經聽慣了，也明白他只是呻吟而已，不會對身體造成任何不良影響。房間仍然一片漆黑。在半夢半醒間，我一邊覺察自己聽著藤崎先生的呻吟聲，一邊卻又想到他的睡眠可能正在變淺，因為我似乎在某處讀過這樣的資訊。我用指尖輕輕地戳了藤崎先生的背，他的肩膀抖了一下，呻吟聲停止了。很好。我閉上眼睛，打算繼續睡。

「嗯……」

藤崎先生發出小聲的呻吟，一邊蠕動身體。好像被我弄醒了。雖然我半夢半醒，但仍然有這樣的感覺。藤崎先生翻了個身，把他的頭緊緊貼在我胸前。

啊。

接著，他搬動我的手臂，放到他自己的肩上。

「呵呵。」

我知道藤崎先生在笑，不是因為聲音，而是空氣的振動。在我還在恍神的時候，躺在我懷裡、把我的手放在肩膀上的藤崎先生又陷入了沉睡。我輕輕地抱著他溫暖又纖細的背。他發出斷斷的鼻息，安靜地入睡。我的藤崎先生，我的戀人，世界上我最愛、最珍惜的人；我的公主，正全然安心地進入夢鄉。現在，是我讓他得以如此安心；就像他把我變成原本我完全不可能成為的樣子，而現在的我，能讓他安心。因為偶然，我來到了有他在的荊棘之城，真的是因為偶然，只是因為偶然。但這也沒關係，因為這個偶然，讓我和他都變得幸福了。我，真的可以成為這個人的王子。未來一定還有更多像這樣的夜晚在等著我們，我要永遠守護這樣的夜晚。我是王子，他是公主，兩人跨越重重困難，終於能夠相守相愛。所以我相信，不論發生什麼事都沒關係。我可以的，我可以讓他幸福，我可以讓一切都平安無事。我相信。

我聽著藤崎先生的鼻息，他的每一個呼吸，都創造出我們的故事。溫柔的、可愛的、平穩的、幸福的鼻息，化成文字構成一個公主和公主選擇的王子的故事。

所以，故事的結尾，將會是「可喜可賀，可喜可賀」。

〈愛戀之後〉後記

跟大山歷經了一場汗水淋漓的肉搏戰之後，我累癱了。無論我有多想裝老，我畢竟才二十幾歲，一旦感到疲勞就會肚子餓，但家裡完全沒有任何食材，只好出門吃飯。

「我們去吃拉麵吧。」

沒我那麼累的男友這麼說著，用他穿著毛衣也看得出明顯肌肉線條的手臂，一把抱起融化在地板上的我。好溫柔喔，再做一次吧。騙你的啦，我才沒那種體力。原本把臉埋在他胸前的我，自己站了起來，整理了一下頭髮。

「哪有拉麵店啊？」

「有吧。」

「我不記得……」

我對拉麵店什麼的不太關心，應該說對吃的東西都不太感興趣。如果招牌上畫著直男天菜的話那就另當別論了，但即使如此我可能也不會記得。因為我的男友就已經是天菜了。

天菜前直男男友對我說：「那就請跟我來吧。」我就慢吞吞地跟著他出門了。他帶我來到一間意外乾淨的拉麵店，店內瀰漫著拉麵店獨有的煮麵水味，還有燉叉燒的甜香。是豚骨拉麵。豚骨啊，唉算了。還不到晚上七點，店內已經差不多客滿了，甚至還有女性顧客。

「要用點餐機呢。」

「喔，要吃什麼？」

「嗯……我看看。」

大山往入鈔口投了一張五千圓鈔票後，先按了豚骨拉麵的按鈕，又按了大碗按鈕、煎餃，然後稍微猶豫一下又按了叉燒丼飯的按鈕。真的假的？不愧是前直男。見識到他食欲旺盛的時刻總是讓我很心動。單純因為我是gay吧……不對，單純因為他是我男友？男友。光是想到這件事就讓我要笑得開花了，我趕緊做好表情管理。

「我好囉，藤崎先生來點餐吧。」大山說。

「咦？」

我一邊想著不先找零嗎？難道還要繼續點嗎？還是想喝一杯？

「你要請客？真的？」

「我請客。」

「咦——真假？那我要吃很多！」

說完我按下豚骨拉麵的按鈕，然後轉動找零的旋鈕。

「你食量真小呢。」

「我光是敢點豚骨拉麵就已經是很努力在吃了。」

「你喜歡吃哪種拉麵？」

「油麵。」

「油麵的話不用努力就可以吃很多嗎？」

「騙你的啦，我喜歡奈良煮麵。」

「咦這樣啊，那下次我做給你吃。」

我本來以為他會吐槽我說「那根本不算拉麵吧」，結果竟然意外地給了溫柔的回應，心想你到底要我怎麼辦才好啊。我們在吧台角落的位置並肩坐下，把餐券遞給像是學生的男店員。水是自取的，正當我想要站起來去拿水時，大山已經起身幫我把水拿回來了。

「謝謝。」

「不客氣。」

他對我說，不客氣。

「真可愛。」

大山把我原本要講的話講走了，讓我嚇了一跳。

他像個孩子般嘿嘿地笑著，小聲對我說：

「我好開心喔。」

看他露出如此天真無邪的喜悅，讓我忍不住想要玩弄他，但也只敢在吧台下偷偷捏了他的大腿一把。

「我們很合呢。」

大山又露出一個大大的笑容，眼角擠出皺紋。他有著一看就很愛曬太陽的肌膚，眼角的皺紋讓他看起來很善良。我一直都很喜歡他的這些地方，雖然喜歡，卻又一直都覺得這些事物離我好遙遠。但現在，我們是並肩坐在吧台前的戀人，我可以大大方方地喜歡這些皺紋，這些皺紋都是屬於我的。我突然有了實感，卻又覺得好奇怪。與其說奇怪，那應該是，幸福吧。這種感覺，就是幸福吧。唔哇！我果然還沒適應，但這股尚未適應的感受，又讓我感受到心癢癢的喜悅。我也變了吧，這一切好像跟我無關似的。

就在我們聊著待會要去買點什麼、附近剛好有藥妝店什麼的時候，拉麵送來了。白濁濃湯上有海苔跟筍乾，還有切得細細的木耳跟蔥花。

看起來很好吃。

「我開動了。」

「我開動了。」

我們兩人一起合掌行禮。我先喝了一口湯，大山則是先挖了一大堆紅薑放在麵上。

「為什麼男生都喜歡紅薑呢？」

「藤崎先生吃牛丼的時候好像也不加吧。」

他這麼一說我才想起來，對耶。雖然我不討厭，但不會主動拿來吃。我跟這傢伙只不過吃過兩次牛丼而已，他竟然記得這種事，又讓我變得奇怪了。呵呵。大山在牛丼上放一大堆紅薑的樣子好可愛。

大山還拿了紅薑隔壁的酸菜。我慢吞吞地嚼著細細的硬麵，偏硬的麵條跟豚骨高湯都不是我平時會吃的東西，感覺很新鮮。大山也掰開免洗筷，噓嚕噓嚕地吸麵條。我很不會吸麵條，所以特地看了一眼。因為是拉麵，所以我們吃的時候都一直保持沉默。明明大山點的是大碗，我點的是普通，但我的挑戰卻很快就失敗了，大山已經吃到只剩下湯，我還在慢慢地吃麵，此時店員走上前來。

「為您送上煎餃跟叉燒丼。」

我這才想起他還點了這些。大山拿起小碟子開始調製煎餃的沾醬，看來他是會加辣油的人啊。

「我剛在猶豫要不要點酸菜炒飯，但聞到店裡瀰漫著叉燒香味，就點了這個。」

「這樣啊。」

「煎餃可以拿去吃喔。」

人真好，但我才不要吃。我一邊心想著，一邊繼續慢慢地吃我的拉麵。小小的丼飯碗裡堆滿大塊的叉燒，大山用他那潔白的牙齒開心地一口接一口。

「看來點對了。」

那就好。

我把麵跟料都吃光，又喝了一口湯，然後有點猶豫地說：

「我可以吃一塊叉燒嗎？」

大山看起來意外地開心，他點了點頭，結果給了我兩塊叉燒，又給了我兩顆煎餃。

「吃太多了啦。」

走出店門口時我才有這種感覺。平時我很少吃這麼多，看到我鼓鼓的小腹很不習慣。

「因為你吃了很多呀。」

明明大山點的份被我吃掉了一些，他卻很開心。我一邊猜想原因，一邊害羞了起來。

「吃這麼飽，就算回家之後也不能做愛了吧。」

「你想做嗎？」

「……沒辦法吧？」

「說得也是。」

手臂都還在痠痛，實在是提不起興致。將來我會慢慢變成一個老頭，即使身邊有天菜男友，但是對床上活動提不起勁的次數也會增加吧，我在腦中想著這些從未想過的問題。不過這也，唉，不算壞事啦，這種奇妙的感受，啊不就是，幸福嘛。會想像這些事情，會成為現在這樣的自己，會有這樣的對象在身邊，不就是幸福嗎。

「回家之後要幹嘛？要整理行李的話就放過我吧。」

「嗯……那就看 Netflix 吧。」

我噗哧笑了一聲。

「那是做愛的暗號喔。」

「咦，真的嗎？」

「真的真的。」

大山拿出手機，用他粗壯的手指一個字一個字地按著，開始在網上搜尋，然後說了句「啊，真的耶」。竟然不相信我說的話？

「那就看 Amazon Prime Video 吧？」

「沒關係啦，那就 Netflix 吧，不要做就好了。」

我們一邊散步，一邊聊起兩人平時都在 Netflix 上看什麼節目。大山喜歡日本經典動漫，我則喜歡外國紀錄片或綜藝節目。雖然我也看劇或電影，但終究還是比較喜歡可以無腦看的。大山跟我約好他會看我喜歡的時尚節目。

「啊，那間燒肉店看起來很好吃耶！」

「喔是嗎？」

「因為他們本身經營肉舖，所以可以用便宜的價錢吃到品質不錯的肉。」

又是燒肉又是拉麵的，我心想他還真是有元氣啊，一邊笑了出來。不論是燒肉還是拉麵，都是學生時代大家很喜歡、我卻不怎麼喜歡的食物。吃是會吃，只是我個人不喜歡而已，但我也不是從一開始就不喜歡的，升高中的考試放榜、得知自己合格之後，我們全家一起去了間比較貴的燒肉餐廳吃飯。考試之前母親也會在半夜煮拉麵給我吃。

「那個拉麵好好吃喔。」

「我就說吧！那我們下次再去。」

我「嗯」地點了點頭。下次再去，不是一句特別的約定，而是我真的相信這件事很快就會再次發生。是大山讓我得以相信，是他讓我變成了現在的我。所以我要好好珍惜現在的我，就像我珍惜大山一樣珍惜我自己。

「是因為跟你一起才好吃的。」

「咦？」

大山停下腳步，我也跟著停了下來。大山驚訝得說不出來話來，眼睛瞪得大大地盯著我。

「那是，你愛我的意思嗎？」

聽到他說這種話，我原本想要用原本的招式打哈哈過去，但卻沒這麼做。我可以不必是那樣的我，我可以成為不像我的我。因為我就是這麼想的。

「沒錯，我愛你。」

我認真地說出口了。

我開心得眼角都濕了。大山輕輕牽起我的手。雖然路上人不多，但不表示完全沒人，儘管如此，我仍然回握他的手。沒關係的，因為我就是想這麼做，想做的事情就可以去做。至少，我會允許跟保護我、我愛的人這麼做。

「趕快回家吧。」

我點了點頭，兩人又開始往前走。真想趕快回家。

回到那個從今天開始兩人一起同居的，我們的家。

（〈愛戀之後〉故事完）

番外1——午休

出櫃之後會怎樣呢？身為資歷尚淺的gay，我還難以想像。原本心裡有點擔心，結果什麼事也沒發生。大家的確有被嚇了一跳，但是，就算跟「那個會計部的藤崎先生」同居的人是女生，大家的驚嚇程度應該也差不多。跟我同梯的同事對我說：「你真厲害欸！」我一時之間不知該如何回應，就說了句：

「對啊，厲害吧。」

結果背上就被用力地拍了一下。

「要請我們去喝喜酒喔！」

聽到這句話，我做出了害羞的正常反應，結果背上又被拍了一下。很痛欸。

我身邊的人大多是這種反應，不知道藤崎先生那邊又是如何？午休時間我正打算外出，碰巧在電梯前遇到藤崎先生。

「唷。」

對著我打招呼的藤崎先生好可愛。短短的招呼感覺很自然不做作，還有他看見我時開心高興彎起的眼角、微微歪著的脖子，都好可愛。啊──好可愛。

「不要害羞啊──大山！」

隨著這句吐槽，背上也「砰」地被拍了一下，正當覺得莫名其妙，回頭一看原來是業務部的前田先生。好痛喔。前田先生應該比藤崎先生還要年長一點，個子很高、膚色黝黑，看起來很陽光，又是體育男子的風格。說真的，我認真的，這每一項都剛好是藤崎先生會喜歡的類型，而且這樣的人通常也會喜歡藤崎先生。雖然不確定具體是哪一種喜歡，但他看起來就是一臉雀躍。請你住手，他可是我男友。

「你在對我男友做什麼？」

藤崎先生露出有點小生氣的表情，對前田先生說。剛好電梯來了，我們三人走進電梯裡。因為外出的時間跟其他人錯開，電梯裡除了我們之外沒有別人。咦？他剛才是說「我男友」嗎？

「我男友咧。」

原本還以為是我開心過頭聽錯了，但前田先生又複誦了一次，這才發現原來是現實。太好了！他說我男友。

「因為是年紀比我小的帥哥呀，我可開心的呢。」

「唉……沒想到你會有男友……」

「我再怎麼看都是喜歡男生的人吧。如果前田先生真的沒發現的話，那是你神經太大條了。」

即使被虧成這樣，前田先生還是很開心。我懂的，那種被藤崎先生開玩笑的喜悅。有時候他假裝虧對方，實際上還是相敬如賓，但當他真心虧起我，能夠知道兩個人可以說話說到這種程度，的確會很開心。

「咦？是嗎？我完全沒發現。那我就不是你的菜嗎？」

「嗯……」

藤崎先生緊閉雙唇，手放在下巴上，認真地打量前田先生。前田先生也故意搞笑似地頓時抬頭挺胸。電梯抵達目的地，我們走出電梯。

「嗯，恕我無可奉告。」

「真假？啊，一定是在男友面前不好說吧，下次我們兩人獨處時再告訴我吧。」

「老實說我根本不考慮喔。」

他說根本不考慮。

「不考慮。」

前田先生重複了一遍，接著哈哈大笑起來。藤崎先生露出一副「敗給你了」的表情，真是有夠可愛。前田先生又「砰」地拍了一下我的背。就說會痛了。

「加油喔。」

大概是要去跑業務吧，前田先生就這樣離開了。有一隻手撫上我還留著刺痛感的背。

「還好嗎？」

「沒事啦，雖然被拍了超多次背。」

「啊……因為你很可愛嘛。」

是這樣嗎？我不覺得。雖然容易被別人拍背是也可以被說成「可愛」啦，但用更單純的定義來看的話，可愛的應該是藤崎先生吧，他才是個會輕輕拍我的背，又溫柔又可愛的人。

「……本來就是呀。」

他停下腳步，一邊輕撫我的背一邊說著。之前在平日的午休，他是不會做這種事的。一個男人摸著另外一個男人的背，雖然就算被別人看到也不會怎樣，但他之前都不會這麼做。

「沒事了嗎？」

「咦？嗯。」

他站在我面前笑了起來。我仔細端詳他的臉。

「好像沒有引起什麼太大的騷動，但我還是，總算鬆了口氣。」

他下垂的眼角似乎含著些微淚光。

「因為感受到人情溫暖了吧。」

「你是公民課本嗎？」

陽光照在哈哈大笑的藤崎先生臉上，他的瀏海閃閃發亮。真是個美麗的人啊，美麗又溫柔。受到眾人崇拜和喜愛的藤崎先生，是我的男友。

「但是……可能真的是這樣吧，還滿意外的。」

藤崎先生把手放在我背上，不是輕拍，而是像輕輕推著我一樣，像在說他陪著我一樣。只有藤崎先生會這樣觸碰我。

「去吃飯吧！我肚子餓了。」

「好，想吃什麼？」

話說回來，午休時間兩人一起去吃飯，這好像還是頭一回。

「對面再過去一點的地方有間拉麵店，你知道嗎？好像是鹽味雞肉蕎麥麵之類的店。」

「咦，我不知道耶，好吃嗎？」

聽到我這麼問，藤崎先生高興地笑了。

「我聽很多女生都說好吃，但其實我也沒去過。」

這雖然只是件芝麻小事，但聽到他這麼說，我非常開心。藤崎先生要跟我一起去他沒去過的店。最近他好像食量也變大了，這些事情也讓我非常開心。

「走吧！」

「太大聲了啦。」

我興奮得想要跑起來，但這樣有點太荒謬了，所以只稍微加快腳步。今天藤崎先生也跟我用同樣的速度走著。

鹽味雞肉蕎麥麵很好吃，而且藤崎先生點了大碗的。

番外2——怕冷

腳底發寒，所以我穿了雙毛襪。那是一雙有深紅色線條的米白色襪子，是大山送我的。不是什麼紀念日的禮物，他說只是因為覺得很適合我就送我了。他的可愛跟體貼讓我感動得真的快要流下淚來，但當我看到袋子裡三雙可愛又毛茸茸的襪子時，我腦中只覺得：「這我穿不到啊……」因為我在家都是打赤腳，就算是可愛男生送我的可愛襪子，我還是用不到。當初這麼想，後來卻很常穿。搬來新家之後，我在家時不只穿襪子，全身都會穿得毛茸茸的。

這間房子並不冷。儘管沒有地暖，但我覺得跟之前住的地方比起來隔熱性更好，平時也都會開暖氣，空調跟電暖氣都有。之前在家我穿著冬衣打赤腳也沒事，但現在不行了，得多穿一件上衣才行，還得圍著毯子保護腰部，再穿上毛茸茸的襪子。我是老太婆嗎？應該是老爺爺才對。

我心想，果然是上了年紀所以開始變得怕冷的嗎，一邊泡了杯紅茶，開始閱讀。這本推理小說我始終斷斷續續地讀著，如今終於要進入尾聲了，這種時候我就會想要一口氣讀完。我並不是故意這樣，而是每次閱讀的習慣。今天大山會晚回家，去應酬了。真辛苦啊，真的。雖然我原本就習慣獨處，所以還是會反射性地覺得一個人在家比較輕鬆自在，但現實中我已經習慣了大山的存在，所以當我一個人在家時很快就會感到寂寞。我把兩隻腳都踩在椅子上坐著，這樣坐會感覺比把腳放下來更溫暖。我真的變成一個怕冷的人了。穿著毛襪的腳趾稍微超出了椅子邊緣，真是田園詩般的光景，我好像一個北歐老太太。雖然我不知道真正的北歐老太太是什麼樣子。

啊。

在那一瞬間，突然有個畫面浮現在我腦海，是我熟悉的景象。我看見自己細長又潔白的雙腳攤在前一個舊家的地板上，趾甲的顏色跟腳趾的皮膚一樣白，趾尖不光蒼白，甚至微微發青，光看都覺得冷，實際摸上去也是冰冷的。原來我本來就是體寒的人啊。好像從小就這樣，我記得母親叫我在褲子裡面再穿一雙絲襪，但我覺得這樣穿很不好意思。我的手也總是冷冰冰的，常常想要牽著母親或姊姊的手。

原來是這樣啊。我一邊想著，一邊捧起馬克杯暖手。原來我不是變得怕冷，而是忘記我怕冷了。為什麼會忘記，又為什麼會想起來呢？這不是什麼值得思考很久的事，我也就這麼算了。

我看了下時鐘，大山應該還沒那麼快回來。大山是個體熱的人，容易出汗。他的身軀巨大又溫暖。剛開始同居的時候，他會用雙手包住我的腳尖替我暖腳。現在我只有睡覺的時候會赤腳，因為大山會把他的腳貼在我的腳上。大山。

好想快點見到他。

番外3——情人節

發現藤崎先生不在身邊，我就醒了。看了下時鐘，已經過了凌晨一點半。我心想他大概去上廁所吧，但等了一下也沒有回來，比起不安我更感覺孤單，於是慢慢起身離開被窩。

正準備要打開客廳的門時，我聞到一股香味，是我在這個家裡第一次聞到的香甜味。咦？我想起今天的日期，突然感到小鹿亂撞。咦，原來是這個日子啊?!

我輕手輕腳地走回臥室，鑽進被窩裡，雖然想再睡回去，但腦中太多想法，沒辦法馬上睡著，就在床上輾轉反側。好不容易有點睡意的時候，我聽見開門聲。我假裝睡著，一具甜香又溫暖的身軀爬進被窩裡，在我的後頸親了一下，又像在確認什麼似地，撫摸我的肩膀和背部，然後握住我的手，像在隱藏一件開心的事情般「呵呵」地笑了一下。沒過多久，我就聽見平穩的呼吸聲。這太過分的幸福，讓我偷偷流下眼淚。

「將將——」

藤崎先生滿臉通紅地送上禮物。我知道他輕聲說出的那句「將將」是想要隱藏自己的害羞，這讓我心動到不行。

「咦，好厲害喔！你自己做的嗎?!」

「對啊，昨天晚上烤的。」

「我完全沒發現耶！」

我覺得自己回應得很生硬，但我平時說話就很像在念台詞，所以沒有穿幫。太好了。藤崎先生害羞得「嘿嘿」地笑著，好可愛。他送給我一個綁著可愛緞帶的透明袋子，裡頭裝著布朗尼。藤崎先生的手很靈巧，包裝很精美。

「我還只是初學者，沒什麼自信。」

「看起來超好吃的啊！」

「我去泡咖啡。」

「一起吃嘛！啊，請等一下！」

我跑回房間，拿出藏在我衣櫃裡的禮物。

「請用！」

「咦，這是什麼？可以打開嗎？」

「快請快請！」

那是個藍白雙色、看起來很漂亮的袋子，裡頭裝著一瓶入浴劑還是浴鹽？我也搞不清楚，反正就是一瓶那樣的東西。我選了一個聞起來很香的、什麼花的香味，因為我覺得那個香味很適合藤崎先生，是聞起來又香甜、又令人安心、又溫柔的香味。

「咦，不錯嘛，謝謝。今天就一起洗澡吧。」

「嘿嘿嘿。」

我「嘿嘿」地笑著，藤崎先生就像在讚美好孩子一樣摸了摸我的頭，嘿嘿嘿。之後他幫我泡了一杯咖啡來。

「我要開動了——！」

「太大聲了吧。」

嘿嘿嘿，對不起。我試著盡量不要破壞漂亮的包裝，小心翼翼地打開袋子，拿起一大塊布朗尼一口咬下。

「好好吃！」

「就叫你不要這麼大聲了。」

「藤崎先生有做甜點的天分耶！」

「是嗎？」

藤崎先生笑著打開冰箱，拿出保鮮盒，裡頭還有很多布朗尼。他拿出其中一塊很像邊角的部分，吃了一口。

「嗯……很普通啊？」

「超級好吃的啊。」

「因為是喜歡的人做給你吃的才會這樣覺得吧。」

「是這麼說沒錯。」

但我真的覺得他做得很好。雖然說包裝也很漂亮，但裡頭的甜點不管是外觀還是切面都很漂亮，一定是花了很多心思做的吧。味道也好吃。他平時做菜算是比較隨性的，做甜點卻如此謹慎，這點讓我覺得很有趣，又覺得他很可愛。

「很辛苦吧？」

「這是適合初學者做的，所以做起來沒那麼難，而且我也有看食譜影片。只有買材料跟藏禮物比較辛苦而已。」

藤崎先生似乎也是把禮物藏在他的衣櫃裡。情人節在冬天真是萬幸。

「你真是製造驚喜的天才！」

我又開心又害羞又興奮地笑著吃完他裝在袋子裡送我的兩塊布朗尼。放在保鮮盒裡的那一大堆布朗尼也是我的了，我會珍惜著吃的。

「情人節真是太棒了。」

「因為你是值得收到禮物的男人啊。」

「是嗎？」

「雖然說送手作甜點很像屁孩才會做的事。」

啊。

我在他的笑容裡看見一絲陰影。當他還是真正的「小孩子」的時候，沒辦法把包裝精美的甜點送給喜歡的人吧，那道陰影大概就是來自這裡。

「藤崎先生！」我大喊了一聲。

「唔哇！你幹嘛啦！」

我也不知道在幹嘛，總之就是想大聲喊出來。但我還是接著繼續說。

「我喜歡你。」

「好、好的。」

他說「好的」的時候稍微把姿勢擺正的樣子好可愛。

我整理了一下思緒又繼續說。

「你想對我做任何事，就儘管去做吧。不用管會不會像小孩子之類的，你想做什麼就全部都去做吧。」

藤崎先生一臉驚訝，然後一副泫然欲泣的樣子握住我的手，對我說：「謝謝你。」

番外4——沒有行程的週末前夕

在知道這個週末，我們兩人都沒有行程之後，藤崎先生對我說：「咦，那從今天晚上開始就可以一直做愛了呢。」他才剛起床，身上穿著一件寬大的深藍色上衣。那件上衣本來是我的，有次洗衣服的時候他說沒衣服穿了，借我的衣服穿一晚，結果後來不知怎地那件衣服就變成他的了。但住在一起，各自的東西漸漸會分不清是你的還是我的，我其實暗自對這點感到開心，再加上藤崎先生講的這句話實在太讓我慾火焚身了。

「哈哈哈。」

但我不知道藤崎先生的這番發言，到底有多少程度是認真的，只好先笑笑回應。

兩人都梳洗完畢之後就準備出門上班，而大多是由我負責鎖門。早晨的藤崎先生看起來是如此俐落又清爽，我能夠每天看到這個人真是太開心了。啊——好幸福。我帶著雀躍的心情鎖上門後，藤崎先生拍了拍我的手臂。

「超——期待的呢。」

「咦？」

「啊？不想要嗎？就是，晚上，的做愛。」

「ㄅ……」ㄅ、不是，我要！差點要大喊出來，還好忍住了。這一大清早的。

「我要……」

藤崎先生看著在冬天裡滿臉通紅、汗流浹背的我，「嘻嘻嘻」地笑著。

「超——期待的喔。」

他又溫柔地拍了拍我的背，超——期待的。

我也是。

決定要同居之前，藤崎先生曾經說過「可以做愛做到爽了」。但兩人除了每天忙著工作以外，男同性戀的性愛有很多麻煩的步驟，所以其實我們沒有很常做。雖然幾乎每天都會用手或是嘴巴愛撫彼此，但都沒有射出來。不管怎麼說，要到實際插入程度的「性愛」，就變成了休假期間或是休假前一天才會期待的事。再加上最近剛搬完家，忙著添購物品和辦理各種手續，還要跟各處打招呼，以及跟彼此的家人保持關係等等，也就沒什麼心思在做愛上。只有一次還兩次而已，溫柔的做愛。我們的身體緊密結合，緩慢地親吻彼此，藤崎先生完全放鬆的樣子讓我深陷其中，那無法只用可愛或是美麗來形容，我已經不知道該找出什麼詞彙來表達，總之是最完美的性愛。太棒了，誠心感謝。

很好，很完美，最好的，幸福，感謝。雖然那些溫柔的性愛讓我有這些感覺，但不可否認，偶爾也想激烈一點……而且藤崎先生偶爾也會像是開玩笑似地說：「最近好像步入老年一樣都沒什麼做愛吶，好想來點二十幾歲的性愛啊。」

二十幾歲的性愛，二十幾歲的性愛是什麼？我搞不懂……但我也想做……再說就算變成老年人也請跟我做愛啊……

總而言之，同居生活好不容易總算穩定下來了，許多該整理的事物都處理完畢，生活也步上軌道，休假的時候也不用忙著去辦事，剩下的就是，做愛了。從星期五晚上到星期天晚上可以做個爽。之前藤崎先生興奮地說：「要買一個又堅固又大的床喔！」但我算了算好像有點超出預算，而且根本搬不進家門……總之，克服這些危機之後總算入手一張大床，終於能夠發揮它的功能了。

「就算今天是星期五，你也太開心了吧。」

我興奮得溢於言表，就連前輩都這麼對我說。

「不是啦，畢竟我很期待放假嘛。」

我的回答似乎不適合公司內的氣氛，被大力地拍了一下背，好痛喔。但我還是好期待，好期待好期待。今天要早點回家。

但是，墨菲定律發生了。

雖然不是什麼大問題，但原本預定的行程被打亂，還要花時間處理，應付意外的客戶諮詢，處理的時間就被拉長了。中午過後我心想：「今天可能無法準時下班了……」等到表定的下班時間時，真的覺得自己太天真，當初怎麼會覺得今天可以準時下班呢。

我傳訊息說「今天會晚點」。

藤崎先生回我「了解」。

傳訊息的時候，藤崎先生大多都對我使用敬語，不用貼圖。我覺得這樣也很可愛。不知道他用那個 gay 在用的 app 時是不是也是這樣呢……算了，不要想這個了。我整個坐立不安。好想趕快回家，得趕快回家才行……但就算心裡這麼想，眼前的工作還是得處理，啊啊……煩死了。好想見到藤崎先生……雖然每天都見得到……正當我這麼想的時候，電話響了。

「您還在啊！真的很抱歉這個時間還來打擾您……」

是、是。即使心煩，但電話那頭似乎有突發狀況，窗口的聲音聽起來都快哭了。我只是想要趕快回家做愛而已啊……我一邊這麼想著，一邊讓自己冷靜下來。當我想要冷靜下來，或是想要讓自己的狀態好一點時，我就會想到藤崎先生，像在腦中輕聲呼喚他一樣，喊一聲「藤崎先生」，彷彿這麼做，我就能成為更好的人。我就是用這個方法面對這通電話的。

接到電話時，正好彼此都處在最慌亂的狀態，還好在冷靜下來、跟對方確認之後，這件事可以等到星期一早上再處理，我便鬆了一口氣，掛上電話。但是事情還沒完啊……我又繼續面對電腦奮戰。

好不容易把工作都處理完，已經十一點多了，慶幸的是還好不是只剩下末班電車而已。我轉了轉肩膀，又扭了扭頭。真的好累喔，趕快回家吧。

禍不單行，電車上的人超多。可能因為有一些人是聚餐結束正要回家，車廂裡大多都是身上帶著酒臭味的上班族。平常我對這種事情不會在意，但想到藤崎先生在家裡等我，我卻被困在客滿電車裡動彈不得，就感到心煩意亂。

電車突然停了下來，接著聽到廣播說有人需要送醫。

喂喂……

什麼時候會開車呢？悶熱的車廂擠得我喘不過氣，周遭的人也開始躁動起來，我好不容易拿出手機，卻發現沒有訊號。

「了解。」

我開始回顧藤崎先生的訊息。

「買嫩豆腐好嗎？」

這是上禮拜他託我買菜回家的訊息。我是木棉豆腐派的，藤崎先生好像都可以，他是個對食物不太挑剔的人。

「這件衣服可以洗嗎？」

禮拜二晚上，他問我這個問題，附上一張穿著我的帽T的自拍照。我在路上一看到就笑了出來。雖然是一張沒什麼特別、就算po出來也不會害羞的自拍照，但藤崎先生稍微刻意地露出一臉無辜的表情，看起來超可愛的。我讓他把帽T拿去洗。藤崎先生對洗衣服不太在行，曬完的衣服常常帶著皺褶，基本上都是我在負責洗衣服。或許是因為藤崎先生太精明幹練，所以在家就想要廢。一這樣想，就覺得他的全部都很可愛，就算不是如此，光是藤崎先生活著這件事，我就覺得夠可愛了。我在做這些事情的期間，藤崎先生正存在於這個世界上、思考各式各樣的事情，而他的存在與生活，都跟我有關，這樣，真好。

藤崎先生現在在做什麼呢？他在家，應該已經吃過晚飯了。平時我們的晚飯要不是買外食回家，就是配我事先做好的幾道小菜隨便吃吃。藤崎先生雖然會做菜，但沒那麼擅長，因為他做事都不太講究細節，但也不是做不好，就是普通好吃的程度。他手藝很靈巧，跟我一起做飯的時候，會幫我把菜都切得很漂亮，但如果讓他自己一個人從頭做到尾的話，就會很粗糙，每片蔬菜的葉子大小都不一樣。儘管如此，我還是很感謝他，每次我感謝他他就說我很煩。但是光是能在自己家裡，吃到不是自己家常的料理，就很開心了，如果是藤崎先生做的就更好了。好想吃喔。雖然吃不到也無所謂，但像今天這種日子就很想吃。我也變得任性了呢。

晚上要做愛的話，藤崎先生應該只會吃一點點而已，然後他會先去洗澡，並且做一些事前準備。唔唔，明明還有旁人，但我因為焦躁、慾望和歉意，不小心發出了奇怪的聲音。藤崎先生，晶先生，請你等等我。不對，很抱歉讓你等我，我會盡快回家的……

車廂內傳來再次發車的廣播。電車「喀噹」地劇烈晃動了一下，再次前進。

「你回來啦……怎麼濕答答的？」

我從車站跑回家。我本來就容易流汗，即使是冬天，我還是跑到瀏海都滴下汗珠。

「我回來了……」

「好的好的，辛苦了，忙到這麼晚。」

藤崎先生穿著他自己的上衣，尺寸很合身，肩膀上還披著毯子。他幫我脫下外套。被療癒了……好可愛……好溫柔喔……

「要吃飯嗎？雖然只有炒肉跟味噌湯。」

「真的嗎！我要吃。」

「那我去熱菜，你先去洗澡吧。飯要吃多少？」

「跟平常一樣。」

我們會煮一大鍋白飯然後冷凍起來，分成大中小三種分量裝在不同的保鮮盒裡，小份的是藤崎先生的，我平常都吃中份，想吃很多的時候就用大份。

「了——解，慢慢洗喔。」

多虧他的照顧……房間裡很溫暖，有飯菜的香味，還有藤崎先生在。我沒想過自己家竟然可以這麼美好，我是住在天堂裡嗎？連洗澡水都放好了。

我簡單沖了個澡，然後泡進浴缸裡，整個人進入朦朧狀態。不行不行，我甩了甩頭，擦了下臉。就用泡澡來消除疲勞吧。但是，今天，真的好累喔……是說，這禮拜都很忙，上禮拜也很忙，上禮拜的週末也很忙，最近一直都很忙。一想到這裡，我的身體就整個變得軟綿綿的。新家的浴缸很大，就算是體型壯碩的我也泡得進去，不知不覺間就開始變得放鬆了。不行，不行不行。我回過神來，仔細地洗完澡洗完頭。沒錯，等下要做愛啊。我想起剛才看見的藤崎先生。雖然穿著寬鬆的上衣也很好，但是合身的尺寸更顯出他的嬌小，而且也很有居家感，簡直是可愛的最高級。米白色更能襯托他雪白的肌膚，這點也好可愛。披著毛茸茸的紅格紋毯子走來走去的也好可愛，像是看電影之類需要長時間坐著的時候，他會把毯子捲起來墊在膝蓋下，啊——好可愛。雖然整體是休閒風，但為了今天他可能挑了一件特別的內褲來穿，這點也好可愛，太可愛了，簡直完美。他在外頭跟在家裡都很完美，我的戀人就是個從頭到腳都很完美的人。

「既然今天星期五，要不要喝啤酒？」

「啊，不用沒關係。」

雖然冰箱裡隨時都有啤酒，但我們兩人都很少喝。一起去買菜的時候會想買來喝，但兩個人都不是很愛喝酒的人。之前我們聊過彼此在獨居時期都有過想喝酒但冰箱沒酒的時候，所以我們要為彼此在冰箱裡常備啤酒，想到這件事我就感到開心。明天再做點下酒菜一起喝酒也不錯。雖然藤崎先生可能不會喝，但如果做一些很像居酒屋會有的料理的話，他就會很感動。

我一邊配茶，一邊吃著熱騰騰的晚飯。藤崎先生坐在旁邊陪我一起喝茶。雖然想要說點什麼，但我實在太餓了，便默默地吃著。味噌湯裡加了很多香菇，超好喝的。

「我吃飽了。」

「這樣夠嗎？」

我們兩人的食量差很多，所以藤崎先生總是很在意我有沒有吃飽。

「夠了。」

「好喔，那我去洗碗，你等我一下喔。」

「咦，我來洗吧。」

「算了啦——你很累了吧，先去床上等著就好。」

「那我們一起洗。」

「不用啦，沒什麼碗要洗，一個人洗比較快。」

「好吧……」

我沮喪地離開了餐桌，刷完牙之後就走回臥房。枕頭旁邊放著潤滑液、保險套跟衛生紙，即使到現在我看到這副景象還是會忍不住驚呼出來。呵呵，一想到藤崎先生準備這些東西時的樣子，我就慾火焚身。我躺上床，伸了伸懶腰。

睡著了。

我突然驚醒，看見藤崎先生坐在我身邊正在閱讀，他對我笑了笑。

兩人身上蓋著棉被。

「早安。」

「咦，現在幾點了?!」

藤崎先生皺了皺眉頭罵我太大聲了，接著把書放到床頭。他正在讀一本滿厚的外國推理小說。雖然他不算是大量閱讀的人，但就還滿喜歡看書的。他讀得很慢、很慢，慢到我覺得他每次這樣讀一點點都不會忘記故事情節實在有夠不可思議，但他就是一點、一點，慢慢地閱讀。

「兩點……」

我確認了時間，頓時感到很沮喪，甚至有點想哭。我都特地……特地用跑的回家了……藤崎先生都特地準備好了……我明明就超期待的……

「你很累了吧？今天就先睡吧。」

「不，我可以的……剛才瞇了一下現在已經有精神了……」

我做出反射性的回答，聲音卻帶著惋惜。既惋惜又心虛的聲音，這不是做愛前該有的聲音，畢竟我是藤崎先生的男友。

藤崎先生噗哧笑了一聲。「你在堅持什麼啦。」

他像哄小孩一樣，「砰砰」地拍了兩下棉被。

聽到他說我「堅持」，我突然釋懷了。我確實是在堅持。雖然我真的很期待做愛，但腦中充滿好多想法：今天得好好做才行、而且我今天還晚回家、為了好好彌補我更得努力交作業才行。想趕快回家、想趕快見到他、想趕快上床……在這些焦慮之中，又混入了連我自己都沒發現的堅持，讓我更加焦慮。

「情侶做愛很正常吧，我才沒有堅持……」

「……好啦。」

我頓時感到沮喪。藤崎先生則用一副看好戲的表情望著沮喪的我，雖然那副擺明比我年長的眼神，讓我感到有點遺憾，但又很可愛，我因此而感到安心。

「明天再做吧，今天就先好好睡一覺，放鬆一下，等你恢復精神再說吧。」

「好。」

「過來。」

藤崎先生有點害羞地張開雙臂，我猶豫了一下，然後把頭鑽進他懷裡。我還不太習慣被他抱著。他輕輕地拍著我的背。藤崎先生的身體雖然又瘦又小，但是又香又溫暖。

「晚安。」他拿起遙控器關掉房裡的電燈。棉被裡充滿了兩人的熱氣而變得暖呼呼的，我用自己的雙腳去溫暖藤崎先生沒那麼暖的腳。他很容易手腳冰冷，但睡覺時還是習慣赤腳，所以一起睡覺的時候，我就是他的熱水袋，我也已經習慣了。藤崎先生的身體緊貼在我身上，我知道他在笑。他像是幫我撥頭髮似地撫摸著我的短髮。

「你啊，應該要更有你是我男友的自覺啊。」

「咦……你指的不是性愛的強度對吧。」

我知道他指的不是這件事，但從這個對話的發展看來，我不知道除此之外他指的還有什麼。

「笨——蛋。」

他稍微加強了一點力道，捲著我的頭髮，然後用很小聲、很小聲的聲音說：

「……我是說，我知道你愛我，而你也被我愛著，這件事啦。」

我用不會讓他疼痛的力道，緊緊抱住藤崎先生。他可能因為害羞，所以稍微抓了一下我的頭髮，但也不會痛，是再用力一點就會痛的力道。不過我也習慣他的力道了，因為我愛他，而且我也被他愛著。

「……可是，我今天原本是真的想做的啊。」

「我知道啦，明天再說。」

「還有。」

「你說。」

「請你至少告訴我今天穿了哪件內褲。」

藤崎先生哈哈大笑。「明天早上再給你看，快睡覺。」

「好——的。」

雖然我興奮到睡不著，但心裡又感覺到一股安心的暖流，就這樣進入夢鄉了。

番外5——沒有行程的星期六

聞到一股很香的味道，我就醒了。被香味喚醒，這世上有這麼幸福的事情嗎？我抓著蓋在棉被上的毯子，恍惚地沉浸在幸福之中。就在不久前，幸福對我而言還是很陌生、很遙遠的概念，但現在我已經充分理解什麼是幸福了，也聞得到幸福的味道。是高湯的味道，今天吃日式早餐啊。大山是個勤勞的人，假日的早晨都會幫我做早餐。我看了看時鐘，八點了，正想著差不多該起床的時候——臥室的房門被打開了，完美男友一大清早就洋溢著青春元氣，出現在我眼前。

「早安。」

「早。」

「你起床啦。」

「我雖然眼睛睜開了但我起不來，抱我起床。」

「好啦好啦。」

儘管我的要求很愚蠢，他還是認真回應我，把手放到我背後，「嘿咻」一聲扶我起床，然後把毯子披在我肩上。大山只穿著一件薄上衣，他大概已經出門跑步或是運動完了，回家後還沖了澡吧。他渾身散發燦爛的光芒，我不禁感嘆他真是個漂亮的男人。我指的並不是他的五官很漂亮之類的，而是作為一個活生生的人，他看起來是如此自在又健康，真好。

「是說，藤崎先生。」

我正準備去洗臉時被他叫住。

「怎麼了？」

「可以讓我看看內褲嗎？」

他竟然還記得這件事。但如果我是他的話，也會記得就是了。吃完早飯就要去沖澡了，所以也只剩下現在有機會讓他看，我就一邊說著好啦好啦，一邊把睡褲脫到大腿左右的高度。好冷。

「唔喔喔！」

他竟然「唔喔喔」地叫了出來，還用一隻手遮住嘴，整個臉都變得通紅，簡直像有蒸氣從他身上冒出來似的。

「後、後面也麻煩讓我看一下……」

「沒問題。」

我想說這樣也太沒情調了吧，但還是乖乖向後轉，露出布料很少的黑色丁字褲。

「謝……謝謝你……可以了。」

「好喔。」

再露下去大山簡直就要對我跪拜了，我就把褲子穿回去。

「啊啊……啊啊……啊那個，你不會冷嗎？」

不要突然跳回這麼認真的話題啦。但老實說，這個季節就是很冷，我的屁股好冷，肚子也好冷。

「沒關係啦……反正平常又不會這樣穿。」

「唔唔……謝謝你……」

「既然你這麼開心，我以後會常穿的。」

再待下去，大山就要雙手合十對我敬拜了，我就丟下他去洗臉。再次走回客廳時，發現竟然有奈良煮麵。之前閒聊時我只是隨口說了句喜歡奈良煮麵，沒想到大山真的信了。雖然不到真的很愛吃的程度，但因為容易入口，也很適合當早餐吃，我最近好像真的喜歡上奈良煮麵了。這是特別菜單的其中一項，我沒想過今年以來這種事情竟然增加了。

「我開動了。」

「我開動了。」

大山拿著一碗比我的湯碗還要大兩倍的碗公，旁邊竟然還放了一碗白飯，真是會吃的男人啊。我喜歡看他大口吃飯的樣子。大山做的奈良煮麵裡放了白蘿蔔跟油豆腐皮，料很多，吃起來味道很豐富，吃第一口的時候會很驚奇，但是真的很好吃。

「欸欸。」

「你說，量這樣夠嗎？」

「嗯，剛剛好。那個……」

「你說。」

「今天要做嗎？」

大山放下筷子，恭敬地低頭。

「麻煩你了……」

「喔……」

「我真的超期待的……」

「這樣啊，了──解。」

我「嗯」了一聲，對他點了點頭，然後兩人便沉默地慢慢吃著早餐。雖然兩人都沒說話，但空氣中已經滿滿瀰漫著對做愛的期待。大山的耳際到下顎這條美麗的下巴線隨著咀嚼一張一闔的動作，還有透過居家服也看得出來的壯碩肩線與隆起的胸肌，這些小細節頓時都有了意義；大山往我這裡偷看的視線也比之前熱切。在冬季早晨吃著奈良煮麵的兩個人，看似田園詩般的景象簡直就是一種前戲，一想到這些，我腦中的某個部分好像要融化了。之前我和那傢伙同房時，講到性愛就只會連結到的恐懼，現在卻完全不同，我想這應該不是愛情的輕重問題，而是信賴的問題。我在這間屋子裡，能夠全然安心，也感到幸福。最近感覺到幸福的時刻越來越多了，雖然有各式各樣不同的幸福，而我也只能用簡單的幸福二字來表達，但在我心中，這些幸福都跟大山順的存在有關，所以全部統稱起來就是幸福。當我感到完全安心時，這股百分之百的安心感有時會讓我感到困惑或是害怕，但只要看到大山，恐懼的情緒就會馬上消失。他是個令人安心的男人。可以兼顧安心與性感，這簡直就是最棒的男人了吧。

「我吃飽了。」

吃完飯就要做愛了，因為有這樣的前因後果，讓這句簡單的問候也有了不同的意義。大山的肩膀抖動了一下。我放下餐具，走到還在吃飯的年下男友身邊，在他臉頰上親了一下。

「哇。」

「可以麻煩你洗碗嗎？」

「啊，好，了解。」

「那我去沖澡喔。」

我故意用裝可愛的聲音說出結尾的「喔」，果不其然讓他滿臉通紅。

「我在這等你……」

「好唷。」

要穿什麼內褲好呢？

做好入浴準備之後我感到一股莫名的緊張，所以洗得比較久。我把鬍子刮得乾淨溜溜，全身的每寸肌膚也都洗得一乾二淨。洗完之後正想做肌膚保養，但想說今天要讓他舔好舔滿，就沒擦保養品，只有把身體擦乾淨而已，雖然他說過他不在乎舔到什麼味道。我從以前就很在乎保養，但最近變得更在意肌膚的狀態了，畢竟男友這麼年輕。大山完全沒有在保養，甚至還一天到晚曬太陽，但他的肌膚既光滑又好聞，這讓我覺得我們簡直是兩種不同的生物。我照了照鏡子，是我熟悉的臉，潔白光滑又薄透的臉，眼睛下方則有深深的黑眼圈，雖然睡眠不足或是不夠養生是原因之一，但主要還是骨架的問題吧，我母親也是黑眼圈很深的人，我姊也是。眼睛下方容易出現黯沉大概是因為這裡的皮膚很薄吧，我是不是也該上點遮瑕膏了呢？但剛洗完澡，臉上看起來很有血色。我感覺最近好像是因為飲食改善，讓氣色變好了。我對著鏡子露出笑容，但又因為害羞就收起了笑臉，一邊心想，我還真是滿可愛的嘛。我被大山傳染了吧，嗯，也不能說是傳染啦，畢竟可愛有什麼不對，而且大山說的才是對的吧，二十八歲的男人覺得自己可愛有什麼關係，沒錯，就是這樣。就這樣吧。

話說回來，我會這麼認真照鏡子，好像是最近才養成的習慣。我知道自己長得還不錯，也很難裝作不知道，但我無法完全接納這件事，雖然事實就是如此，但我似乎是因為外貌而有了優勢，我不喜歡這樣，所以很難認真面對自己的臉。在幫自己的臉或身體做保養的時候，感覺好像是出於義務，並不是真心愛惜自己的身體才做保養的。

現在不一樣了。我喜歡我的臉，跟臉長得好不好看是兩回事，我喜歡這張臉、愛護這張臉，是這張臉跟著我一路努力過來的。今後我會繼續帶著這張臉走下去，當肌膚光滑水潤、氣色很好，整體狀態都很好的時候，我就會很開心。我能感覺到我的身體屬於我。以前會覺得這副身體重到無法負擔，或是輕到不知道身在何處，現在的身體，就是剛剛好可以負擔一個人、一段人生的重量。當我偶爾意識到這一點時，還會「哇」地驚呼出來。驚喜，可以這麼說吧。

當我做好心理準備，在心裡喊了一聲「好！出發」替自己打氣之後，我抬了抬後腳跟，穿上露臀內褲。從正面看起來就只是一件布料比較少的內褲，但從背面看的話可以看到整個屁股。這件內褲是我跟大山開始同居之後第一次穿，所以難以猜測他的反應。應該會很開心吧……內褲上的可愛花色看起來像是剛交往不久的戀人會穿的，但另一方面又覺得這內褲看起來很蠢。要是他會開心就好了……

我帶著有點害羞的心情踏著小碎步往臥室走去，假裝沒事的樣子打開房門。坐在那張大床上的男友對我露出害羞的笑容。

「讓你久等了。」

「我才是……你不冷嗎？」

「很冷啊——！」

因為心急的關係，我其實不覺得會冷。我關上門，坐在大山的膝蓋上讓他抱著。好溫暖，讓我整個身體都放鬆下來。

「哇……」

他越過我的肩膀，往我屁股的方向看。

「喜歡嗎？」

「咦……這是什麼內褲啊？可以摸一下屁股嗎？」

從問句到採取行動的這個流程還真是流暢呢。

「可以啊，你想摸哪裡就摸哪裡。」

大山輕輕地撫摸我的屁股，一邊小聲地說：「啊原來是這種的啊……」真是單純。

「咦……哇賽……這是什麼……咦……」

「你是體育社團出身，應該看過護襠吧？」

護襠……大山複誦了一遍，然後發出恍然大悟的「啊啊」。

「呃……我知道有這種東西，但沒有看過實際的樣子。咦，藤崎先生有護襠嗎？」

「有是有。」

「咦──」

咦什麼咦啦。他一邊咦，手還是一直摸著我的屁股，弄得我癢癢的。大山的手又大又溫暖，讓我的屁股也慢慢地暖了起來。

「我也買了一件給你，你下次要穿喔。」

「蛤……穿是可以穿，但我一定不適合的啦。」

「穿著不適合的情趣內褲看起來就色色的啊。」

「唔……？」

雖然我覺得反常的感覺就是情色的標準，但他完全沒有接到我的話這點很可愛。他什麼都可愛，因為我就是喜歡他。親親他吧。大山的下唇很立體，那膨潤的樣子，無法在我腦中重現的立體感，每次看到都想要咬下去。我咬了一口，他好像被我弄癢似地笑了出來。雖然只是細微的笑聲，透過他巨大的身體仍能將共振傳到我的身體，讓我感到開心。我用雙唇輕輕啃咬他的嘴唇，大山也像是想要反咬我似地，兩人開始展開了小小的競賽。我伸出舌頭，大山就會「啾」地吸住，呵呵呵。大山巨大的身軀慢慢倒向床上，我也一邊親吻他一邊倒在他身上。

「欸——已經——要插了嗎？」

濕潤又微腫的雙唇還殘留著接吻的餘韻，我的唇貼著他的唇，一邊這麼問他。一旦講出口，我就變得超想要的，好想趕快跟他合為一體。只要我的大腿一動，他的大雞雞就會變得超硬的。呵，大山輕笑了一聲，然後說了聲「咦」，在咦之後，又好像恍然大悟似地「啊」了一聲。我明知道說得這麼直白會讓他有點傻眼，但他的笑容卻彷彿在說「我知道了唷」，讓我感到心動不已。

「已經可以進去了嗎？」

他一邊溫柔地問我，一邊用手指滑向我的雙臀之間。他一點都不情色的愛撫方式反而讓我覺得超色情的。雖然說屁股在做愛跟做愛以外的時候分別負責不同的功能，但他讓我感覺到這兩者並沒有太大的差異，這點很色情。日常生活與性愛，原本我一直把這兩件事分得很開，但現在不一樣了。只要有愛與信賴，這兩件事的距離就會變近。

大山的手指在入口處輕輕碰了兩下，然後把手指插了進去。已經準備就緒的小穴把手指吞了進去。

「好厲害……」

這句囈語融化了我內心的某處，滿溢而出。啊，我突然想通了那是什麼，才發現我的想法已經跟之前都不一樣了。大山，我的男友，我的戀人，我會一輩子跟這傢伙做愛並且共同生活，這個想法突然占滿我的腦海。從他膨潤的雙唇可以看見他潔白的齒列，好可愛，我好喜歡，沒有比這更可愛的了。我的表情好像不受控制般地歪斜，我以前沒有做過這種表情。現在的我是什麼樣的表情呢？我不知道。

大山眼神迷離地望著我，似乎在對我說我真是可愛到不行。這讓我感到開心又安心，我是什麼樣子都沒關係，在這個男人面前，我可以變成任何樣子，可以讓他看見任何樣子。我想要讓他看見我的一切，說我的一切都好可愛。

「……給我。」

故意撒嬌發出的聲音，比我原本預想的還更嗲。我拉著他的棉褲跟內褲一起脫下，他的雞雞便彈跳出來，力道之大讓我以為我聽見了啪的一聲。

「欸，給我嘛——這個……」

咕嚕，大山嚥下口水，喉結動了一下。我發現他想要讓自己冷靜下來，反而讓我更想鬧他。不要冷靜嘛，一鼓作氣進來！算了，我想要的一切都要得到。趁他恍神的瞬間我抓著他的雞雞就往自己體內塞。

「啊！」

大山被我嚇了一跳。雞雞很順暢地進入了體內，我覺得自己太厲害了，竟然能夠毫不費力地吞進這個尺寸。我恍惚著吐了一口氣之後，便感覺到腹中那股壓迫感。

「超——大的……」

「拜託你不要亂來啦……」

我趴在我男人的身上緊緊抱著他，一邊品味著體內的雞雞一邊笑著。

「你才在亂來。」

「我哪有亂來……」

「對我亂來吧。」

咕嚕，大山又嚥了下口水，然後將我的身體像搬行李一樣整個舉起來，換了個姿勢。他把我放在床上，將巨大又熾熱的身體壓在我身上，讓我無處可逃。我渾身顫抖，還穿在身上的內褲也都濕透。我把自己變成一個惹人憐愛又淫亂的小可愛，讓這個男人對我為所欲為，這個發想實在太有魅力了害我熱淚盈眶。結果我自己也愛上這麼做，感到有點羞愧，現在也有點羞愧，但我相信大山會連我的這份羞愧也全然接納的吧。

大山將他的雞雞拔出，然後突然用力插入後，用盡他的腰力拚命抽插。

「啊啊！」

他在我的體內使勁摩擦，讓我覺得肚子快要燒起來了。我分不清快樂與痛苦，像求救般喊叫著，他便緊緊抱住我。比平常敏感的肌膚被睡衣弄痛，我伸手去拉了拉，大山發現我的動作便幫我脫掉衣服。透過肌膚的體熱與觸感，我的身體知道這是大山，是與我一同度過許多時光的大山，我喜歡的男人，值得信賴的男人。我安心地將身體完全交出去，同時將他給予我的一切毫無疏漏地完全接收。

「晶先生……」

大山一邊猛力地對我進攻，一邊吻我。只要我一張開口，大山的舌頭就會把我的舌頭緊緊纏住。透過身體的觸感，我感受到大山喉間的呻吟，而不是透過聲音或視覺，這讓我激動無比，口水跟眼淚一起流下來。

在那之後就是一場混戰。我一會在上、一會在下、一會又被抬起來，在那張大床上到處移動著，被各種不同姿勢不同角度愛著。我說的被愛，並不只是指稱性愛的委婉表現，而是內心感受到的被愛與身體的性愛達到完全一致，讓我感動得一直哭泣。

被吻、被撫摸、被抓、被插、被晃動、被放倒、被抬起來，這每一個動作都是愛意的表現，原來這是真的啊。我抱著眼前粗壯的脖子，把臉頰貼在雖然被汗水浸濕但仍光滑緊緻的肌膚上，但我覺得這樣還不夠，就咬了一口。我連這個男人脖子上的血管都愛。

「果然還是要戴套比較好吧。」

在數不清是第幾次的中出之後，大山將我的雙腿打開，用手指把裡面的東西給挖出來。儘管私密處完全對他敞開，但大山的眼神跟幫我做事後清理的手指都溫柔得要把我融化了，讓我覺得一不小心太過放鬆的話就會發出令人害羞的聲音。雖然就算我發出什麼奇怪的聲音大山都不會覺得奇怪，但我還是不想被他聽見。為什麼？因為喜歡，因為喜歡他啊。我不想讓他看到這麼害羞的樣子，但又想讓他看見我的全部。我這是在幹嘛呢？在戀愛啊。

「啊……」

大山像是準備結束清潔，把手指又更深入了一些，害我前面那根又起了反應，彈跳了一下。大山把他自己的手指擦乾淨之後，突然把他的臉靠近我的股間，原本我還在期待著他應該是要親我的大腿吧，結果他在我的龜頭前端「啾」地輕輕親了一下，然後害羞地對著我笑。什麼？這是怎樣？我又驚嚇又心動，害得我渾身脫力，但儘管身體變得軟趴趴，雞雞卻還是給了明顯的反應，自己的身體太誠實讓我害羞不已。

「好可愛喔。」

大山露出從容的笑容，又用手指輕輕戳了戳我的龜頭。

「你在幹嘛啦……」

我轉過身躺在床上，他把毛巾收拾好之後也在我身邊躺下，給了我一個吻。一想到這是親過我雞雞的嘴唇就覺得好可愛。

「你是不是個性有點變差了啊？」

「什麼意思？」

「越來越多怪招。」

大山露出一臉困惑的表情，眼角擠出皺紋。這個男人一臉困惑的樣子真的、真的好可愛喔，喜歡。

「這樣不行嗎？」

「完全可以，我喜歡。」

「那就好。」

大山把他的腿纏上我的雙腿，跟我接吻。緊貼在一起時可以完全感受出兩人雙腿粗細的不同，這感覺超棒。

「我們戴套再來一次吧。」

「你可以嗎？」

「我想做……」

大山用他的大手，輕撫著我的頭髮。

「那這次要慢一點嗎？」

「二十幾歲的性愛已經結束了嗎？」

當我把問題問出口時，聲音聽起來比之前更幼稚，更撒嬌。大山笑著撫摸我的頭髮。即使我跟我的聲音一樣幼稚，他也都全盤接納。

「要來一次像老人一樣的性愛嗎？」

他沉穩的表情和聲音有夠性感，讓我心癢癢的。即使我心裡明白成熟男人的性感原來是這樣，也會讓我替對方加分，但其實這原本不在我的守備範圍之內。雖然我也跟比我年長的男人睡過，但我一直都是喜歡年輕男生。說是喜歡，裡頭夾雜了更複雜的情感，是我執著於年輕男子直球又狂暴的情慾。但是現在，我的男人流露出的這股從容令我深深著迷，害我的雞雞也起了反應。

大山啊，你已經這麼好了，還能好到什麼地步呢？

「嗯。」

我發出撒嬌的聲音，往我的男人身上靠過去。他一邊向我展示愛人與被愛的從容，一邊給了我一個很棒的吻。這男人到底還能好到什麼地步呢？現在的他已經完美到驚人了，今後的他將會是前所未見的吧，而我將會在他身邊目睹這一切。在被汗水浸濕和沾滿精液味道的床上，現在的我，完全相信了。我們會這樣永遠在一起。

「就當作預習吧。」

大山像是在回應我腦中所想的內容，說完便跟我接吻。我們一起度過相同的時光，吃著相同的食物，所以也變得越來越像了，我很高興。

「就算變成老頭也要一直做喔！」

對於我這句有點太過現實的示愛，大山笑著說：

「好的。」

我愛的男人將我完全包覆在身下。

（全書完）

國家圖書館出版品預行編目資料

重疊愛戀 / 古池neji著 ; 湯家琪譯. -- 初版. -- 臺北市 : 春光出版, 城邦文化事業股份有限公司出版 : 英屬蓋曼群島商家庭傳媒股份有限公司城邦分公司發行, 2024.03
面 ; 公分
譯自 : 重なりあって恋になる
ISBN 978-626-7282-59-5 (平裝)

861.57 113000728

重疊愛戀

原文書名／重なりあって恋になる
恋になったあとで 重なりあって恋になる
作　　者／古池 neji（古池ねじ）
譯　　者／湯家琪
企劃選書人／王雪莉
責任編輯／何寧

版權行政暨數位業務專員／陳玉鈴
資深版權專員／許儀盈
行銷企劃主任／陳姿億
業務協理／范光杰
總 編 輯／王雪莉
發 行 人／何飛鵬
法律顧問／元禾法律事務所　王子文律師
出　　版／春光出版
臺北市 115 南港區昆陽街 16 號 4 樓
電話：（02）2500-7008　傳真：（02）2502-7676
部落格：http://stareast.pixnet.net/blog E-mail：stareast_service@cite.com.tw
發　　行／英屬蓋曼群島商家庭傳媒股份有限公司城邦分公司
臺北市 115 南港區昆陽街 16 號 8 樓
書虫客服服務專線：（02）2500-7718 /（02）2500-7719
24小時傳真服務：（02）2500-1990 /（02）2500-1991
服務時間：週一至週五上午9:30～12:00，下午13:30～17:00
郵撥帳號：19863813　戶名：書虫股份有限公司
讀者服務信箱E-mail: service@readingclub.com.tw
歡迎光臨城邦讀書花園 網址：www.cite.com.tw
香港發行所／城邦（香港）出版集團有限公司
香港九龍九龍城土瓜灣道86號順聯工業大廈6樓A室
電話：（852）2508-6231　傳真：（852）2578-9337
E-mail : hkcite@biznetvigator.com
馬新發行所／城邦（馬新）出版集團　Cite（M）Sdn. Bhd
41, Jalan Radin Anum, Bandar Baru Sri Petaling,
57000 Kuala Lumpur, Malaysia.
Tel:（603）90578822 Fax:（603）90576622 E-mail:cite@cite.com.my

封面、贈品插畫／ALOKI
封面設計／蔡佩紋
內頁排版／芯澤有限公司
印　　刷／高典印刷有限公司

■ 2024 年 3 月 5 日初版一刷
Printed in Taiwan

售價／380元

城邦讀書花園
www.cite.com.tw

Original Japanese title: KASANARIATTE KOI NI NARU
KOI NI NATTA ATODE KASANARIATTE KOI NI NARU

ISBN 978-626-7282-59-5

廣 告 回 函
北區郵政管理登記證
臺北廣字第000791號
郵資已付，免貼郵票

115 臺北市南港區昆陽街 16 號 8 樓

英屬蓋曼群島商家庭傳媒股份有限公司
城邦分公司

請沿虛線對折，謝謝！

愛情・生活・心靈
閱讀春光，生命從此神采飛揚

春光出版

書號：OW0012　　書名：重疊愛戀

請於此處用膠水黏貼

讀者回函卡

謝謝您購買我們出版的書籍！請費心填寫此回函卡，我們將不定期寄上城邦集團最新的出版訊息。亦可掃描 QR CODE，填寫電子版回函卡

姓名：______________________

性別：☐男 ☐女

生日：西元________年________月________日

地址：______________________

聯絡電話：______________ 傳真：______________

E-mail：______________________

職業：☐ 1. 學生 ☐ 2. 軍公教 ☐ 3. 服務 ☐ 4. 金融 ☐ 5. 製造 ☐ 6. 資訊
☐ 7. 傳播 ☐ 8. 自由業 ☐ 9. 農漁牧 ☐ 10. 家管 ☐ 11. 退休
☐ 12. 其他 ______________

您從何種方式得知本書消息？

☐ 1. 書店 ☐ 2. 網路 ☐ 3. 報紙 ☐ 4. 雜誌 ☐ 5. 廣播 ☐ 6. 電視
☐ 7. 親友推薦 ☐ 8. 其他 ______________

您通常以何種方式購書？

☐ 1. 書店 ☐ 2. 網路 ☐ 3. 傳真訂購 ☐ 4. 郵局劃撥 ☐ 5. 其他 ______

您喜歡閱讀哪些類別的書籍？

☐ 1. 財經商業 ☐ 2. 自然科學 ☐ 3. 歷史 ☐ 4. 法律 ☐ 5. 文學
☐ 6. 休閒旅遊 ☐ 7. 小說 ☐ 8. 人物傳記 ☐ 9. 生活、勵志
☐ 10. 其他 ______________

請於此處用膠水黏貼